双葉文庫

聖母

秋吉理香子

聖母

1

目が覚めた。

時計を見ると十時半を過ぎている。

寝過ごした！と保奈美《ほなみ》は慌てて飛び起きた。保育園には、どんなに遅くとも十時前には来てくれと言われている。いったいどうして、目覚ましが鳴らなかったんだろう。

「十時から朝の会を始めます。規則正しい生活をし、また集団生活を円滑に行うためにも、必ず間に合うように登園してください。生活のリズムを崩さぬよう、お休みの日でも早起きをしましょう」

今年の四月から薫《かおる》を入園させた子ぐま保育園のしおりの冒頭に、太字で書いてあった。これでも、登園時間の遅い保育園を選んだ。園によっては八時四十五分厳守のところもある。夜遅くまで仕事をし、つい朝寝をしてしまう保奈美は、自分の利便性を考えて、少々遠くても登園時間に余裕のある保育園に決めたのだった。

年配の園長先生が、貫禄のあるブルドッグのような頬を揺らして怒る姿が容易に想像できた。それでなくとも、ついこの間、遅刻が多いことを注意されたばかりだった。自転車だと楽なのだが、薫が怖がるので徒歩で通わざるをえない。時間通りに登園できるように家を出ても、道中で薫がぐずって歩かなくなったり、寄り道をしたり、あげくには園の門前で登園拒否をすることがある。叱ると余計に動かなくなってしまうのでなだめすかしたり、おやつで釣ったりアニメのキャラクターグッズをあげたり……さまざまな工夫をしても、相手は三歳児だ。どうにもならないことがある。やっと到着する時には十時を過ぎていることが、どうしても一か月に一度か二度はあるのだった。

今から薫を起こして、着替えさせて、食べさせて——ああ、その前に、園に電話……と枕元に置いてあったスマートフォンを引っつかみ、パニックになりながらアドレス帳をタップする——と、はたと動きを止めた。

今日は日曜日だ。

そうだ。だから目覚ましをかけなかったんじゃないか。

保育園はお休みなのだ。

スマートフォンを握りしめていた保奈美の指先から、ほっと力が抜ける。保奈美は疲れた体をゆるゆるともう一度布団に沈めた。昨日も、遅くまで起きていた。いくら日曜日だとはいえ、こんなに寝過ごすなんて。しかし仕事が立て込むと、睡眠時間が連日三時間ということもある。寝ておけるうちに寝ておくのが長く仕事を続けるコツなのだ、と保奈美は自分に言い訳をする。

　それにしても、薫もこんな時間まで眠りこけているなんて。休みの日にゆっくり寝ていたくても、普通は子供が元気に朝早く起き出して、おちおち寝坊もできないものだ。ただ昨晩は、母親が夜遅くまでそばにいなかったこと、それから朝方になって咳が止まらなくなり何度も目が覚めたことで、ちゃんとした睡眠が取れていなかったのだろう。

　保奈美は隣に眠っている薫を見る。布団から豪快にはみ出して、すやすやと寝息を立てていた。保奈美はふっと笑うと、両腕を伸ばして薫の脇に手を差し入れ、そうっと布団の中に引き戻した。薫の向こうに、夫である靖彦《やすひこ》の姿はない。車販売の営業職についている靖彦は、土日祝日こそが稼ぎ時なのだった。

　薫の咳は、寒くなり乾燥してくるとしつこく続く。ぜんそくだと診断されてはいないが、この先なる可能性が高いと医師には言われた。一番の薬は、無理をさせず、よく休養させることだとも医師は言った。生活のリズムを崩すなと保育園側に言われようと、本人が起きるまで寝かしてやるつもりだった。

　暖かな布団の中で、薫を抱きしめる。

　両手に力を籠《こ》めれば、このまま折れてしまいそうなほど、まだ頼りない幼い体。薄いまぶたには幾筋もの血管が青く透けて見える。血色のよい頬。顔を覆う細い産毛。少し開いた唇の間から、小さな歯がのぞいている。そのどれもが、保奈美にとっては愛おしい。胸が、苦しくなるほど。

保奈美は四十六歳。今三歳の薫が生まれたのは、四十三歳の時だった。まさかその年齢で、薫を腕に抱くことになるとは思っていなかった。

保奈美は、若い頃からひどい生理不順だった。十一歳で初潮を迎えてから、次の出血を見たのが一年後。その次はさらに二年後——といった具合だった。それが大変なことだとは、わかっていなかった。生理痛に顔を歪《ゆが》めながら学校に来るクラスメートを見て、わたしは楽チンでいい、と喜んでさえいた。

しかし高校生になり、性への知識が豊富になると、これは良くないことなのかもしれない、と焦り始めた。勇気を出して母親に打ち明け、一緒に婦人科へ行ってもらった。女医のいる病院を選んだが、それでも診察台に上がるのは抵抗があった。

超音波による画像診断、血液検査などの結果、多嚢胞《たのうほう》性卵巣症候群と診断された。もともと卵巣内には卵細胞がたくさんあり、その中から通常は毎月ひとつの卵細胞を包んだ卵胞《らんぽう》が成熟し、破裂し、排卵される。しかしこの病気はいくつも卵胞ができ、ある程度の大きさになるものの、排卵しないまま留まってしまう。保奈美も超音波画像を見せてもらったが、卵巣のところに丸いものが一列に並んでいた。まるで真珠のネックレスのようだと思っていたら、実際にそれはネックレスサインと呼ばれるらしかった。

ホルモン剤を飲んだり注射したりと治療が始まったが、めまいや吐き気を伴うものだった。それでも何とか頑張って続けていたが、そのままでも命が脅かされるわけではないこと、また大学受験の勉強に差し支えるということで、治療をやめてしまったのだった。大学生になればなったで交換留学をしたり、英語関係の資格を取ることに必死で、それから何年も放置していた。

大学時代からずるずると付き合っていた靖彦と結婚が決まった時、病気を放置していたので子供はできないかもしれない、と正直に話した。靖彦は最初驚いていたが、自分なりに調べてみたらしく、「まだ自然に妊娠できる可能性はあるらしいよ」と言ってくれた。

それでも、やはり長い間妊娠できない。ホルモン剤を飲んでも排卵はスムーズに起こらなかった。人工授精をしても、うまくいかない。

「体外受精をしてみましょう。一歳でも若い方が成功率は高いので」

そう勧められて、体外受精をすることに決めた。これでやっと妊娠できるのだ、とホッとした。

しかしそうではなかった。

何度か体外受精を試しても、出産には至らなかったのだ。

不妊治療は先の見えないトンネル、とよく言われるが、保奈美にとっては、底の見えない泥沼だった。トンネルであれば、いくら先が見えなくとも、いつかは抜けられるという希望へと繋《つな》がっている。けれども、何度も高度不妊治療を繰り返しても一向に成功に至らない保奈美にとっては、進んでも進んでも、ただ明かりの差すことのない地中に潜るだけのものに感じられた。

出口もなければ、底に足が届くこともない。一歩その沼に踏み入れたら、ずぶずぶと沈んでいくだけ。さんざんホルモン剤で苦しみ、もしかしたらこのまま一生、子供ができないのではと追い詰められ、体外受精のたびに十万円単位で金が飛んでいく。もうやめよう、と何度も思う。けれどももしかしたら、次こそは足が底につくのではないか。いや、またその次こそは――。今やめてしまったら、これまでのお金と時間を捨ててしまったことになる。何が何でも授からなければ……。そんな苦しい思いを抱えて毎日を過ごした。不妊治療には、身体的にも、精神的にも、そして経済的にも痛めつけられたのだった。

「こんなに金がかかるなんて。貯金もできない、家も買えないね」

靖彦もため息交じりに言った。姑には不妊治療をしていることを隠していたが、靖彦が愚痴《ぐち》ったのだろう。電話をしてきて「種はいいのに、畑がこれじゃあね」といやらしい厭味《いやみ》を浴びせた。

もう限界かもしれない――

次で不妊治療は最後にしよう。

そう思い詰めて臨んだ最後の体外受精で、娘を身ごもり、出産できたのだった。

わたしの、たったひとりの、娘。

奇跡としか、考えられなかった。

靖彦は家事を手伝ってくれるようになり、優しくなった。

それまで厭味しか言わなかった姑も、打って変わって労《いたわ》ってくれるようになった。

靖彦はひとり息子だから、初孫ということになる。つわりがひどい時などわざわざ上京して、何かと世話をしてくれた。まるく膨らんできた保奈美のお腹を見ては、顔をほころばせていた。

不妊治療をしている時には殺伐《さつばつ》としていた家庭も、姑との仲も、娘のお陰で全てが修復された。娘の誕生は、保奈美の人生を一転させた。

不妊に苦しんだ、辛《つら》い過去。

だからこそ、薫の存在は宝物だ。四十代になって薫を与えられたことは、大いなる奇跡なのだ。

この小粒な目。ぷっくりとした唇。丸まった指。ゆるやかに上下する、薄い胸——この子は、自分の命にかえても、絶対に守る。

保奈美は薫の柔らかな頬にそうっと口づけると、慎重に布団から抜け出す。キャラクターもののパジャマに包まれた薫のか細い肩に布団をかけ直して、もう一度寝顔をつくづく見つめてから、ようやく立ち上がった。

キッチンへと行き、コーヒー用にティファールの電気ケトルに水を入れる。カフェインを摂ってこの気だるい体を目覚めさせ、仕事に取り掛からなければならない。水を満たしたケトルをセットし電源をオンにすると、オレンジ色の小さなランプが点灯する。こんな風にすぐに自分の気持ちを切り替えることができたらどんなに良いだろうと、保奈美は思う。

電気ケトルの湯が沸くと、保奈美はマグカップの上に百円均一ショップで買ったプラスチック製のドリッパーを置き、その中にペーパーフィルターをはめた。コーヒーメーカーもあるが、掃除が大変だし、薫が生まれたばかりの頃に調乳ポットを置くスペースを確保するために片付けてしまった。それ以来、コーヒーフィルターを使って一杯一杯、根気よく淹《い》れて飲んでいる。

コーヒー好きだった靖彦も文句は言わない。薫が粉ミルクから卒業して、調乳ポットが必要なくなっても、コーヒーメーカーを出そうとは言い出さない。夫は家事も手伝ってくれる。出せばコーヒーメーカーを洗うのは、彼の仕事になるだろう。それならば、コーヒーメーカーにキッチンスペースを占領されることもなく、湯を沸かすひと手間さえ厭《いと》わなければドリッパーで淹れる方が楽だと納得しているのである。本当に、理解のある家族を持ったと感謝する。

コーヒーの粉をフィルターの中に入れる。粉は友人がインドネシアで買ってきてくれたコピ・ルアックというものだ。なんでも、ジャコウネコの糞に未消化で残っているコーヒー豆を取り出してひいたものなのだそうだ。猫の尻から出されたものを有難がって飲む日が来るなどと夢にも思わなかったが、これが実に美味《おい》しい。なんでもジャコウネコの消化酵素や腸内細菌がコーヒー豆を発酵させ、普通の発酵方法では生じない複雑な香りや風味を引き出すということらしい。

娘を妊娠した時――というか、不妊治療をしていた時から――、保奈美はコーヒーを飲むことをやめていた。出産してからも、二年は母乳をあげていたので、カフェインを摂ることを控えていた。けれども今はそんな制約から抜け出し、堂々と朝から何杯でもコーヒーを飲むことができる。やはり、コーヒーを飲まずして、一日は始まらない。カフェインが眠気を覚まし、集中力をあげてくれるのだ。集中力を要する保奈美の仕事には、なおさら必要である。

保奈美は湯を注ぎ、ぽたりぽたりとドリップされていく音を聞きながら、トーストを焼く。キッチンカウンターが狭いため、トースターはない。だからオーブンレンジのトースター機能を使っている。食パンを黒角皿にのせて庫内に入れ、スタートボタンを押す。焼きあがるまでの時間に冷蔵庫からバターとジャムを出し、タイマーが終了する直前に、とりけしボタンを押して、オーブンレンジを切る。こうしないと、大きな終了メロディーが鳴って、薫を起こしてしまうからだ。

保育園が休みである日曜日は、一日中、薫の相手をしなくてはならない。だから薫が起きてくるまでの朝の時間は唯一、仕事に集中できる貴重な時間帯だ。

トーストにバターとジャムを塗り、立ったままキッチンでむしゃむしゃと頬張る。そういえば食べづわりだった時も、こんなふうにキッチンで立ったまま、手あたり次第冷蔵庫のものを引っ張り出しては食べていたな、と保奈美は懐かしく思い出す。トーストを食べ終わると、手についたパンくずを流しで払い、マグカップを持って仕事部屋へと行った。コーヒーの香ばしい香りが、保奈美と共にリビングルームを横切る。

ノートパソコンを開き、スリープ状態から復帰させる。一年前に買い替えたノートパソコンは、瞬時に小気味の良い作動音を立て、そしてパッと目を覚ますように画面に絵を映す。

ノートパソコンは、すぐに使用できるよう滅多にシャットダウンしない。閉じれば休止し、開けばすぐに再開するようにしてあるのだ。だから今朝も、開いてパスワードを打ち込むと、ワードファイルの昨日中断したところからすぐ始められる。一度シャットダウンしてしまうと、いちいちワードファイルのフォルダを参照し、目的のファイルをダブルクリックし、開くまでに数秒待たなくてはならず、しかも中断したところを探すのにも手間がかかる。小さな子供がいて、限られた時間の中で仕事時間を少しでも捻出するための、ささやかな工夫だった。

ええと、昨日はどんな感じで終わったんだったかしら。

数行遡《さかのぼ》って、読み直す。保奈美は、ほそぼそと翻訳のアルバイトをしている。大学卒業後に働いていた大手の製薬会社が、海外企業とのメールや国際会議の報告書、社員マニュアルなどの和英・英和翻訳を保奈美に依頼してくれるのだ。海外から顧客が来る時など、ごくたまに通訳の仕事を回してくれることもある。製薬会社からの依頼の他、仕事の募集をするためネット上にウェブサイトを持っているが、コストがかからない分、依頼もなかなか来ない。留学経験一年、TOEIC900点、英検一級。このご時世、保奈美程度の翻訳ができる人間はごまんといる。だから製薬会社の仕事は、保奈美にとっての貴重な収入源なのだった。

コーヒーをすすりながらホイールパッドを操作し、スクロールアップとダウンを繰り返す。

ああ、そうだ。

昨日は薬剤の専門用語がわからなくて、なかなか先に進まなかった。土曜日の日中であれば会社に問い合わせできたのだが、午後からは保育園での親子祭りの手伝いに駆り出されていた。片づけを終えて帰宅し、薫に夕食を食べさせ、風呂に入れて寝かしつけたのが九時。そこから徹夜覚悟で机に向かったものの、気が散ってなかなか集中できなかったのだ。

会社に問い合わせができるのは明日、月曜日の九時以降だ。一か所飛ばすと、その後の文章の繋がりがわからなくなる。昨日のうちに、クリアにできなかったのは痛かった。それでも何とか、先にだけは進めようと、クライアントから渡された国際会議資料の原本を広げる。

翻訳は、本当に地味な作業だ。たったの一行を訳すのに、裏付けやリサーチで一日や二日かかることだって珍しくない。インターネットで調べられるものもあれば、図書館に出向かなければならないこともある。時給に換算すると、マクドナルドで働く高校生よりも安い。けれども三歳児の世話を優先させなければならない身だ。在宅でできる仕事となると、限られてしまう。

ええと、ＭＴＭって、Medication therapy management でよかったんだっけ……。

保奈美はオンライン辞典のページを開けて単語を打ち込み、確認してから辞典のページを縮小する。

——と、元から開いていた検索エンジンのトップページが目に入った。ホイールパッドをタップしようとしていた保奈美の指が止まる。

『東京都藍出《あいいで》市で幼稚園児を遺体で発見　猟奇殺人か』

どぎついニュース記事のタイトルに、胸がぎくりとする。

なんていやな事件。

読みたくなかったが、情報は欲しい。震える指で、記事のタイトルをクリックした。

――男児が、藍出市の藍出川河川敷で倒れているのを、15日朝5時半ごろ、犬の散歩をしていた主婦が発見――

――警視庁は藍出警察署に特別捜査本部を設置――

――両親が遺体を確認。4歳の男児と判明――

気の毒に。なんて可哀想……。

しかし次の瞬間、保奈美はぶるりと身を震わせる。

他人事ではないのだ。

胸が重く、呼吸ができなくなる。

藍出川河川敷といえば、ここから徒歩で三十分はかかる。汚い川なので、人が憩《いこ》うような場所ではない。目撃者なんて、いるはずがない――

ああ、いやだ。

犯人は捕まるだろうか？

ひとり娘を失うなんて、考えたくもない――

記事に書かれた男児の名前は、保奈美の知るものではなかった。が、藍出市で事件が起きたということは、市内の子が狙われたと考えるのが自然だろう。

急いでリビングに移ってテレビをつけてみた。大きな音が流れ、慌ててボリュームを絞る。ニュース番組でも、大きく取り上げられていた。見慣れた場所に、レポーターやカメラマンが押しかけている。

「男児の遺体は、ご覧の河川敷の橋のたもとに遺棄されていました」

レポーターが、河川敷の草むらを指し示している。他のチャンネルでは、眉をひそめたコメンテーターが、「犯人には土地勘があるのかもしれませんね。もしかしたら、近隣に潜んでいるのかも」などと無責任に発言している。

土地勘があるだなんて！　この近隣にいるだなんて！

保奈美は叫び出したくなるのをこらえながら、両腕で自分を抱きしめた。

ニュースで現場を見ているだけで、気が滅入った。何が何でも自分の手で娘を守り抜くしかない。

保奈美はため息を吐き出すと、テレビを消した。仕事部屋に戻り、机の前に座ったが、何にも手がつかない。

「――ママぁ？　どこぉ？」

幼い、涙声が聞こえる。

振り向くと、いつの間にか薫がドアのところに立っていた。髪はくしゃくしゃで、パジャマのボタンが外れ、肩が出てしまっている。もう三歳だというのに、寝起きに母親の姿が見えないと、すぐに不安がって泣き出す。まだ寝ぼけているのだろう。保奈美はノートパソコンを閉じ、すぐさま薫をなだめに立ち上がった。

「ごめんね、ママはね、お仕事なのよ」

保奈美は優しく抱きしめ、薫の頰にキスをした。

愛おしい、愛おしい子。

この子を、娘を、守ってみせる。そのためなら何でもする。母親は、娘を守るためなら全能になれるのだ。こんな事件に、我が家を脅かさせはしない。しっかりと娘を監視し、徹底的に身の安全を保持する。

——わたしの、奇跡の子なのだから。

保奈美の胸に、薫が温かい。

自分の血を分けた幼な子を、保奈美はいつまでも、きつくきつく抱きしめていた。

2

「藍出市幼児殺害事件捜査本部」

藍出警察署の講堂入り口わきに大々的に貼り出されている縦長の紙を、時折チカチカと明滅する蛍光灯が照らしている。坂口《さかぐち》はそれを眺めながらスーツの胸ポケットから煙草《たばこ》の箱を取り出した。

今朝、この藍出市で四歳の男児の遺体が発見された。初動捜査が進められるのと並行して、藍出警察署に捜査本部の設置が決定した。しかし夕方になるとさらに捜査員を増員することが決まって、坂口にも声がかかり、急遽《きゅうきょ》、藍出警察署に駆けつけたのだった。

東京都西部の藍出市は、人口約十八万人の都市だ。都心へは電車で四十分程度と通勤・通学には利便性が高く、ベッドタウンとして人気がある。洒落《しゃれ》た建売り住宅やマンションが多く、また大きなショッピングモールもあり、若者にも高齢者にも住みやすい街として知られている。都心に比べれば土地は安価なので庭付きの一戸建てが多く、公園も広い。子供が元気良く走り回り、野良猫が闊歩《かっぽ》する。どことなくのんびりとした、穏やかな土地柄だ。犯罪発生率も都内では低く、安全な地域だと認識されている。

もちろんそれでも、凶悪な犯罪が起こる時は起こる。強盗、暴行、殺人、放火、強姦……。しかし、幼児が誘拐され、殺害されるという事件は、幸運なことに藍出市ではこれまでになかった。それだけに、今朝遺体が発見されてからというもの、街中がピリピリとしたムードに包まれている。

もうすぐ午後八時。そろそろ第一回捜査会議が始まることになっていた。

煙草の箱を指でとんとんと叩き、一本抜き出す。

「禁煙ですよ」

背後から声をかけられた。

振り向くと、長身で、黒いパンツスーツの女性が立っている。

「ええと、君は確か……」

「谷崎《たにざき》です。谷崎ゆかり。同じ四係に所属しています」

「そうだった、谷崎くんだ」

以前は捜査二課にいて、詐欺事件などを担当していたと聞いている。若くて美人で頭が切れるということで、一課にも評判は聞こえてきた。そんな彼女が一課に異動してきたのは確か一年ほど前。そろそろ五十の声を聞く坂口とは年代も違う。同じ係になったのもつい最近のことで、これまでほとんど話したことはなかった。

谷崎が、再び煙草を指差す。

「わかってる。火はつけない。口さみしいだけだ」

「ガムでも嚙《か》みますか?」

「どこもかしこも禁煙なんて、肩身が狭くなったもんだな」

「時代ですよ、時代」

言いながら、谷崎がガムを差し出す。坂口は素直に煙草を元通り収めた。

「君も呼び出されたのか？」

「はい、先ほど到着しました」

坂口は谷崎の手から、ガムを取った。

「今どきタブレットじゃなくて、板ガムか。珍しいな」

「焼肉屋でもらったものの、あまりです」

「なんだ」

坂口は銀紙をむいて、板ガムを口に放り込んだ。すぐに薄荷《はっか》の味が広がる。

「メンソールか。ガムじゃなくて煙草だったら、EDになるところだ」

にやにやする坂口に、「セクハラですよ」と谷崎が切り込んだ。

「やれやれ、こんな会話もダメか。本当に窮屈だな、今の世の中ってのは」

「ちなみに、それは都市伝説ですから」

「え？」

「メンソールの煙草でインポテンツになる、ということです。勃起《ぼっき》のメカニズムは、性的な刺激で大脳が興奮すると、それが脊髄《せきずい》を通り勃起中枢に伝わって、ペニスの陰茎海綿体《いんけいかいめんたい》の神経に届くことにより起こるそうなのですが、メンソールがその勃起中枢に影響を及ぼして機能を低下させる可能性がある、と広まったのが都市伝説の発端の一つだぞうです。が、医学的に根拠はありません。完全な俗説です」

理路整然と、谷崎が言い切る。坂口は一瞬ぽかんとすると、豪快に笑った。

「面白いな、君」

「ですが、メンソールがインポテンツに直接関連しないとはいえ、煙草そのものは原因になるといえるそうですよ」

「なるほどね、百害あって一利なし、というわけか」

「ええ。特に坂口さんは、一日に何箱もお吸いになるそうですので」

「まあな」

「で、どうなんですか?」

「どうって、なにがだ」

「坂口さんはインポなのですか? 煙草の影響を実感しますか? 奥様が出て行かれたと噂で聞きましたが、そのせいですか?」

坂口は唖然《あぜん》とし、顔が熱くなった。

「ば……ばかやろう! 何言ってんだ」

谷崎はにっこりと笑った。

「ね、セクハラって、ウザいでしょ? というわけで、さっさと中へ入りませんか」

先輩を置いて颯爽《さっそう》と講堂へと入っていく谷崎の後ろ姿を、坂口は呆然と見送る。それから苦笑してごま塩頭を掻《か》くと、その後に続いた。

捜査本部にぞろぞろと刑事たちが集まり、第一回の捜査会議が始まった。講堂には、所轄の刑事と捜査一課の刑事がひしめいている。

講堂前方、スクリーンの前に捜査一課の係長・里田《さとだ》が立ち、マイクを握った。

「えー、それでは事件の概要について説明します」

「男児の名前は、矢口由紀夫《やぐちゆきお》ちゃん。四歳。矢口正敏《まさとし》さんと、妻・晃代《あきよ》さんの長男で、藍出市立野うさぎ幼稚園の年中だということだ。

発見現場は藍出川の河川敷、藍出川橋のたもとで、人通りは少ないエリア。草むらの中に段ボールがかぶせてあったが、本日十五日午前五時半頃、散歩中の犬が吠え始めたため、不審に思った飼い主がずらしたところ、地面に敷かれた段ボールの上にのせられた遺体を発見した。

昨日の午後五時頃、母親と市内のスーパーに買い物に来ていたところ、母親がレジで支払いをしていた時、一瞬目を離した隙にいなくなったらしい。スーパーはサンズマート藍出市店。関東を中心に展開する中堅のチェーンだ。由紀夫ちゃんの自宅からは徒歩十数分のところに位置する。店舗は地上二階建てで、地下一階が駐車場になっている。

店員とともに店内、バックヤード、そして駐車場を捜した後、一一〇番通報があった。

当時由紀夫ちゃんが着用していた服や特徴を元に、藍出署が捜索したが発見できず。えー、サンズマートへの聞き込みをしたのは――」

講堂中央に座っていた刑事が立ち上がった。

「サンズマートでは店員と客に聞き込みを行いましたが、その時間帯に店内には他に同じ年頃の子供がいたこともあり、由紀夫ちゃんを最後にいつ見たとはっきり断定できる目撃証言は得られませんでした。

防犯カメラですが、午後四時三十二分に母親とともに入店したところ、そして五時三分にレジのところから正面の出入り口を通って一人で外に出るところが映っていました。買い物の間も映っていましたが、近くに不審な人物は見当たりませんでした。ですので、自分の意思で外に出て、そこから誰かに連れ去られた、とみて間違いなさそうです。母親が後を追いかけたのは由紀夫ちゃんが店の外に出た三分後の五時六分です」

「そしてその時には、すでにいなかったと?」

「そうです」

ほんの二分三分の間の出来事。母親はどんなにか悔やんでいることだろう。そう思うと坂口の胸に苦いものがこみ上げてきた。

「スーパーの外に防犯カメラは?」

里田が聞く。

「ありません。外に出てから姿を消すまでの時間が短いことから、車で連れ去られた可能性が高いと思われます」

「スーパー近辺の防犯カメラはどうだ？」

一人の若い刑事が「はい」と立ち上がった。

「スーパーから半径五キロ圏内にコンビニが二軒、コインパーキングが三か所あり、現在、防犯カメラの映像の手配を頼んでいます。また個人でカメラを取り付けている家を探しています」

「次は被害者について。では鑑識、頼む」

鑑識係の男が立ち上がる。

前方の画面に写真が投影されると、講堂がしんとした。

写真に写っている遺体は全裸だった。幼く華奢《きゃしゃ》な体が、あおむけに段ボールの上に寝かされている。目を閉じていて、血の気がなく、全身が蒼白い。まるで眠っているかのように見える――が、下半身に少々違和感があった。性器のあたりがぽつんと赤い。しばらくして、そこにあるはずの性器がないのだ、ということに坂口は気が付いた。

「では、説明を」

里田が促すと、鑑識係が口を開いた。

「えー、見ておわかりのように、遺体の性器が切り取られています。凶器の種類は現在分析中ですが、傷跡からかなり鋭利なものと思われます。また、肛門粘膜に擦傷があり、生活反応がないことから、死後に性的暴行が加えられたと考えられます。肛門内及び体内には犯人のものと思われる体液は検出されず、グリセリン、プロピレングリコールなど潤滑剤に使用される薬品が検出されたことから、性的暴行時にはコンドームが使用された可能性が高いです」

胸の悪くなるような事件だ。隣の席をちらりと見ると、谷崎がぎゅっと口を引き結び、画面を見つめている。

「死亡推定時刻は午後七時から八時頃、死因は頸椎《けいつい》の圧迫。生活反応のないことから、遺体損壊は死亡後に行われています。損壊以外には新しい外傷はなく、抵抗した痕跡は見当たりません。血痕もないので、損壊後に体の表面だけでなく、手足の爪の間もブラシなどで丁寧に洗われた模様です。また、全身の皮膚表面から薬品が検出されました。成分を調べたところ、希釈された漂白剤でした」

「漂白剤？」

里田が眉を寄せる。

「ええ。一般家庭で使用される酸素系の漂白剤です。洗浄後に、遺体を拭いたのだと思われます」

遺体を損壊し、洗浄し、漂白剤で拭いただと？　黙々と男児の死体を洗う犯人の姿を想像して、坂口は背筋を震わせた。

「何か手がかりになるようなものは？」

里田のその質問に、聞き逃すまいと坂口は姿勢を正した。

「それがですね、遺体には手がかりとなりそうな体毛や繊維といったものが一切付着しておりませんでした。また唾液、精液、汗などに至っては恐らく漂白剤で拭き取られたと思われます。付着していたのは現場周辺の土や草だけです。また、敷かれていた段ボールも上にかぶせられていた段ボールもその場で拾ったもののようです。浸《し》み込んでいた泥の成分が一致しました。

周辺に血痕がないことから、別の場所で絞殺、損壊をしてから運んだと思われます。また、切り取られた性器は見つかっておりません。以上」

鑑識係の男がマイクを置いて座ると、講堂が重苦しい雰囲気に包まれた。

不気味な事件だ。

通常、遺体には何かヒントが隠されている——犯人の体毛や体液、皮膚片、着用している服の繊維など。しかし、よほど用心深い犯人とみえて、衣服や下着を脱がし、洗浄して念入りに漂白剤で清めてから遺棄したときている。だからこそ、切り取られた性器の傷跡が余計に生々しく見える。

「——目撃情報は？」

里田が見回すと、一人の刑事が立ち上がった。

「第一発見者の女性以外にその付近を通りかかった人がいないか、近隣の住宅へ聞き込みに回りましたが、現在のところはまだ見つかっておりません」

「明日からは捜査員も増える。河川敷を中心に、さらに捜査範囲を広げる予定だ」

里田が言うと、刑事たちが頷いた。

「次に、両親について」

里田に促され、両親の聴取を担当した刑事が立ち上がる。

「父親は三十二歳、住宅や店舗のリフォームを主に請け負う江戸川《えどがわ》区の工務店に勤めるサラリーマン。年収は四百三十万円。母親は二十九歳で専業主婦。いなくなった後から現時点まで、不審な電話や手紙はなかったそうです」

「後で担当者を割り当てるから、この二人の交遊関係、金銭面でトラブルがないかなどについてさらに調べてもらう。特に、父親の女性関係を重点的にな。怨恨《えんこん》の可能性を徹底的に洗う。ところで、父親と母親のアリバイはどうなんだ」

近頃は、子供が事件に巻き込まれると、真っ先に親が疑われる。つくづく、嫌な時代になったものだ。

先ほどの刑事が答える。

「母親は一一〇番通報をした後、神奈川に住む実母を呼び寄せて家で待機してもらい、同じ幼稚園に通う園児の母親たちに連絡して手分けをして由紀夫ちゃんを捜索しています。取り乱していたので、必ず誰かが付き添っていたそうです。父親は土曜日ですが出勤しており、知らせを受けてすぐ退社して午後七時に帰宅。それからは母親と連絡を取り合いながら、捜しに出ていたようです。公園など、由紀夫ちゃんがよく行く場所を捜していたそうです」

「ひとりで？」

「そのようです」

「帰宅するまでは、ずっと会社に？」

「外回りで営業先を回っていたらしいです」

ひと通り聞いていた刑事たちの表情に、いっせいに緊張がにじんだ。

もちろん父親が犯人の可能性はある。

しかし、性的暴行するために、なぜわざわざ殺す？

動機はいったい何だ？

執拗に洗浄された遺体。切り取られた性器。そして遺棄現場周辺にあったものだけを利用して遺体を隠し、犯行現場の手掛かりを一切残さないという周到さ。

犯人像が、浮かんでこない――

「捜査は始まったばかりだ。しばらくハードな日が続くが、とにかく、一刻も早く容疑者を挙げる！　いいな！」

里田が両手でバン！と机を叩いて活を入れ、捜査会議は締めくくられた。そんな里田の顔も緊張のためか、蒼白に見える。

捜査本部が立ち上がってから一日も経っていない。情報としては、こんな程度なのかもしれない。けれども……言いようのない不安が、坂口の胸にとぐろを巻く。

これはきっと、大変な事件になる。

一筋縄ではいかない。そして長引く——

長年の経験から坂口はそう予感した。

もうすぐ冬だというのに、嫌な汗が背中をじわりと伝い落ちていった。

3

藍出第一高校の剣道場からは、竹刀《しない》で打ち合う音、威勢のいい掛け声、そして床に踏み込む音が、外まで聞こえてくる。

日曜日には顧問の教師が来ない。基本的には自主練習扱いで、上級生が下級生を指導することになっている。だから遅刻は許されない。特に一か月後に行われる大会の予選に向けて、特訓が大詰めだ。真琴《まこと》は急いで校庭を横切り、剣道場脇に設置されたプレハブの部室に行き、道着に着替えた。防具一式を抱えて剣道場へ足を踏み入れると、早速怒号が飛んできた。

「まことぉー！　遅いじゃねーか！」

二年生で主将の綿貫《わたぬき》が、竹刀を天井に突き刺さんばかりにしてわめいている。声もでかいが、図体もでかい。得意技は、上段の構えからの面打ち。真っ赤な胴を着けているので、現代の赤胴鈴之助《あかどうすずのすけ》と呼ばれている。

「ごめん」

打ち込み稽古《けいこ》をしている部員の邪魔にならぬよう、真琴はスペースを見つけて準備運動を始めた。中学生になってから部活で始めた剣道だったが、実はさほど興味があって入部したわけではない。文化系でなく運動系に入りたいとは思っていたが、球技は好きではなかったし陸上は地味に見えた。そうなると柔道、剣道、ダンスしか選択肢に残らなくなり、ダンスは真っ先に除外。柔道は他人と密着するというのがどうにも嫌で却下。すると剣道部しか残らなかったというわけだ。

中学生の時にはいったん離れたりもしたが、それでも高校で改めて入部してからはそれなりに楽しくやってきた。もともと筋が良かったのか二段にも合格し、いずれは三段を目指しても良いと思い始めている。

体をほぐしていると、つかつかと綿貫がやって来た。

「何やってたんだよ。真琴も下級生の指導をしてくんないと。それでなくても、三年生が引退して手が足りないんだからさ」

「わーってるって。バイトが終わんなくてさ」

三年生は、インターハイ――予選で敗退したが――をもって引退した。そして二年の綿貫が新しく主将となり、真琴が副主将となったのである。しかし正直、真琴は副主将の器などではない、と自分で思っている。もともと部員数が多くない剣道部だから、お鉢が回ってきただけの話だ。もとより部活に情熱をかけてはいないし、部員を引っ張って悲願のインターハイ出場、全国大会ベストスリー入り、などそんな夢を描いてもいない。ただ何となく、個人競技にも団体競技にもなる剣道を面白いと思ったことと、精神を統一して集中力を高めて攻撃する、という戦闘スタイルが性に合っていて、だらだらと続けているにすぎない。

「ウォーミングアップ終わったら、元立ちになってやってよ」

「了解」

綿貫が去っていく。

真琴は素振《すぶ》りを百回やり終えると、胴を着け、面下と呼ばれる手拭《てぬぐ》いを頭に巻いて面を被った。小手も着ける。が、相手の後輩たちはコントロールがまだまだで、しょっちゅう外され、腕や肩など防護されていない場所を打たれることもよくある。お陰で、真琴の腕や肩には痣《あざ》が絶えなかった。

「ほら、ちんたらしてんじゃねーぞ。どんどん打ってこいよ」

真琴がペアを組んだ後輩に発破をかけると、奮起して立て続けに面を打ってきた。

「浅い！　もっと踏み込め！」

掛かり稽古であれば、打たれるだけでなく、元立ちも掛かり手を打ち返していいが、打ち込み稽古では打たれるままだ。しかしその分、冷静に相手の欠点を観察することができる。真琴が注意点を指摘すると、次の一本は少し良くなる。さらに指摘すると、もっと良くなる。こうして後輩が技を磨き、進歩していくのは、やはり気持ちが良いものだ。だから元立ちになることが、真琴は好きだった。

最後に全員で正座して黙想《もくそう》し、礼をして稽古の終了となる。終了後は毎回必ず、各学年が持ち回りで剣道場の雑巾《ぞうきん》がけをする。今日は二年生が当番だったので、真琴は先に一年生を帰すと、自分は倉庫からバケツと雑巾を持って、剣道場の外の洗い場へと向かった。

もう晩秋で、風が冷たい。防具の下で汗だくになった体が、気持ちよく冷えていく。剣道をやる者にとって、夏の稽古はキツい。いくら暑くても防具を取るわけにはいかないし、面も小手も道着も洒落にならないほど汗臭くなる。カビだって生える。冬は冬で、素足で剣道場の床を歩くのは氷を踏んでいるのかと思うほど冷たいものだが、体を動かしているとだんだんと体があたたまってくる。だから真琴にとっては、寒い時期の方が稽古はしやすかった。

雑巾を濡らし、バケツに水を溜めて剣道場に戻ると、数名の二年生が雑巾を取り、早速床に手をついて走り出した。

「おお、真琴、サンキュな」

綿貫も雑巾を受け取る。

「今日はキツかったなぁ、掃除終えたらシャワー浴びて早く帰ろうぜ」

「ああ、でも、今日は剣道クラブの日だから」

「ああそっか、今から公民館か」

「うん」

綿貫と真琴は並んで、だっだっだっと雑巾をかけていく。

「しかしよっくやるねえ。ボランティアっしょ？」

「金なんか取れるわけないじゃん、二段くらいの腕でさ。まあ、遠征費とか実費はもらえるけどね」

剣道場の床面積は広い。試合場が二面は取れる広さだ。雑巾がけは、足腰を鍛えるのにも丁度良かった。

「無理だー。学校と予備校と部活でイッパイイッパイのワタクシにはできません」

「そう？　やってみたら楽しいもんだって」

「あー、真琴は子供好きだもんなあ」

「うん。懐かれると可愛いもんだよ」

「小学生なんてうるさいじゃん。苦手だなぁ」

「幼稚園児もいる」

「げ、マジ？　てか、いくらなんでも剣道は早すぎだろ」

「まあ、体力作りがメインの目的らしいよ。もちろん蹲踞《そんきょ》も最初はうまくできないしさ。でも素振りは一生懸命やってる。フォームめちゃくちゃだけど」

さも可笑《おか》しそうに真琴が笑うと、綿貫が呆れたように言った。

「はー、ほんと可愛くてしょうがないって感じだねえ」

雑巾がけが終わり、立ち上がる。

「おう。つーわけで行ってきます。悪い、急ぐからこれ洗っといて」

雑巾を綿貫に託すと、真琴は部室に戻って着替え、防具一式を担いで外へ出た。公民館へは歩いて十五分ほどだ。真琴の防具袋は遠征時に便利なようにキャスターが付いているタイプのものだが、このくらいの距離であれば担いで歩き、トレーニングの代わりにしている。

「あのぅ、すみません」

校門を出たところで、呼び止められた。まだ四時過ぎだが、日が短くなってきたのと薄曇りのせいで、もう空は暗い。門灯に照らされた相手の制服は、藍出第一高校のものではなかった。ちらりと顔を覗き込む。モテそうなタイプだった。

「なに？」

「あの、いつもバスの中で見てて……あ、七海《ななうみ》高校の者なんですけど、えっと、その……」

顔を赤らめて、制服の裾をいじってもじもじとしている。

「だから、なに？　すぐ済むの？　長くなるの？　どっち」

別にきつく言ったつもりはなかった。ただ単に、話が短くて済むなら防具を担いだまま、長くなるなら地面に下ろそうと思って聞いただけだ。けれども相手は傷ついたように顔を歪めた。

「す、すみません、あの、だから……あ、あなたのこと……その……憧れているというか、えっと、好き、です」

さらに顔が赤くなり舌がもつれ、涙までうっすら浮かべている。ああ、これだから女は面倒くさい。真琴は心の中で舌打ちをした。真琴は、かなり整った顔立ちをしていて、これまで第一高校の生徒だけでなく、他校の生徒からこんな風に言い寄られたことも多い。そのたびに断るのも、逆恨みされるのも、ものすごく面倒なのだった。

「てかさあ、話したこと、ないよね？」

「あ、ええと、でもあの、前からいいなって思ってて……」

真琴はため息をつくだけで、答えない。

「あの、良かったら、お友達から始めてもらえませんか？　これ、メアドと、ラインのＩＤです。連絡、待ってます」

目を潤ませながら、女子が好みそうな封筒を押し付けてきた。期待を込めて、じっと真琴を見つめる。

「いらない」

即答しながら、封筒を押し戻す。

「……え？」

「絶対に連絡しない。だからいらない」

「あ、でも……」

「興味ないから、あんたに」

真琴はさっさと歩き出した。背後の気配で、まだ未練がましくこちらを見ているのがわかる。ウザい。話したこともない、なのにどうして好きだなんて言えるんだ？　ばっかじゃねーの。

告白されるたびに、真琴は白々しい気分になる。そんな真琴をひどいとか冷たいと批判する奴もいる。「だからぁ、少しずつお互いに内面を知ればいいんだって。とりあえず付き合ってやりゃいいじゃん」と友達は言うが、真琴にしてみればそちらの方がひどいと思う。付き合って好きになれなかったらどうする？　期待を持たせておいて別れるなんて、そっちの方がよっぽど冷酷じゃないか。そもそも、真琴は他人が嫌いだ。触れ合うなんて、ぞっとする。

誰も真琴の内面なんて知らないくせに。

真琴は防具袋を反対側の肩に担ぎ直すと、ひたすら公民館を目指してかなり暗くなった道を歩き続けた。

「あー、せんせーだ！」

公民館に顔を出すと、いっちょまえに小さな道着を身に着けた子供たちが集まってくる。

藍出市公民館は古びているが、剣道やダンス、少林寺拳法などに利用できる多目的ルームと、柔道や合気道などに利用できる畳敷きの部屋、それからコーラスや吹奏楽に利用できる音楽室があり、なかなか充実している。料金も安いとあって、毎日何らかのクラスが開かれているのだ。

ちびっこ剣道クラブが借りているのは日曜日と水曜日の午後四時半から六時半。基本的に二時間の稽古であるが、幼稚園児や小学校低学年の子供は早めに帰ってもいいことになっている。

子供たちは全員で十名程度と少ない。ちびっこ剣道クラブに子供を通わせている保護者たちは、徹底的に稽古をしてゆくゆくは大会に出場させたいという人たちと、技術よりも友達と楽しむこと、また日本の武道ならではの礼節を学んでほしいという人たちに分かれていて、ちょうど半々だ。だから前者のグループを剣道六段の元体育教師、橋本《はしもと》が教え、真琴が後者のグループを担当しているのだった。

そういうわけで、真琴は滅多に子供たちに怒ったりしない。危険なことをすれば厳しく注意をするが、有段者に育てなければならないというプレッシャーもないので、無理なく楽しいと思ってもらえる範囲での指導をする。だから真琴は、子供たちに好かれていた。子供たちいわく、橋本は「こわいせんせー」で、真琴は「やさしいせんせー」なのだった。

着替えて練習場に入ると、再び子供たちがまとわりついてくる。

「静かにせんか！　始めるぞ！」

橋本が一喝し、全員を正座させて礼をし、稽古が始まった。真琴は片手で竹刀を水平に持ち、ちびっこ剣士たちにそれを打たせる。最初の数十分はみんな真剣な顔をしてやっているが、子供なのですぐに飽きて集中力が途切れる。そうなったら真琴はすぐに休憩させる。注意力が散漫なまま続けても怪我《けが》をするだけだし、なにより剣道を嫌いになっては意味がない。

「よーし、そんじゃ十分休もう。みんな水分補給しろよ」

休憩に入る真琴のグループを、橋本のグループが羨《うらや》ましそうに横目で見ている。それをまた橋本に見咎《みとが》められ、叱咤《しった》されている。体育教師を定年退職したのは十五年前だというのに、橋本はまだかくしゃくとしており、熱血教師そのものだ。白髪頭を振り乱し、全て自分の歯だというのが自慢の大きな口をくわっと開けて怒号を飛ばし、何かあると容赦なく竹刀で子供の尻を叩く。それでも、子供たちは泣きべそをかきながらも橋本の指導に喰らいついていくのだから、大したものだと思う。真琴は、自分のグループに目を移した。並んで壁に背をくっつけて座り、のほほんと水筒からスポーツドリンクを飲んでいる。

ま、これもこれで悪くないよな、と真琴は微笑む。

「あれ」

並んだ子供たちを見て、真琴は首を傾げる。

「なんだ、今日テツヤは休みか」

今更ながら、一人足りないことに気が付いた。テツヤは小学五年の男子だ。

「テツヤくん？　うん、今日は来ないって言ってたー」

小学一年の千夏《ちなつ》が答える。確かテツヤとは同じ学校に通っている。

「なんかねえ、お母さんのお手伝いについて行くんだって」

「え？　手伝い？」

「うん、ほら、今朝さー、幼稚園の男の子が殺されちゃった事件があったでしょー」

キレのいい掛け声が響き渡る道場に、どきりとするほど不似合いな話題だった。しかし千夏は、その幼さから事の重大さをよく理解していないのか、普通の表情で続けた。

「その男の子が、お母さんの知り合いの子供だったんだってー。それで、そこのおうち、大変だから、手伝いに行くんだって」

「そうか……被害にあった子は、テツヤの知り合いだったのか……」

真琴が眉を寄せ、沈痛な面持ちを作った。

「うん。なんかねー、テツヤくんの剣道の試合も見に来たことあるんだって。えっと、由紀夫ちゃんっていうんだよね、確か」

「マジか。じゃあ会ったことあるかもしれないな」

真琴は、千夏以外の子供たちを見る。幼稚園児がふたりと、小学校低学年がふたり。ただ無邪気に、キャラクターの描かれた水筒をいじっている。身近に誘拐殺人犯がいる恐怖を、理解できていないのだろう。

「みんなもさ、ちゃんと気を付けろよ。いいな？」

真琴が言うと、のんびりとした「はーい」という返事が返ってきた。

「でもねえ、その子、すごく乱暴だったんだって」

千夏が続ける。

「え？」

「だから、その殺されちゃった子。女の子をよく叩いたりさ」

「そんなの、千夏だってやるじゃん」隣に座る力也《りきや》が茶々を入れる。

「だけど、階段で押しとばされて骨を折った女の子もいるんだよ？　池に落とされて死にかけた子もいるし」

「えーそうなの？　じゃあいい気味ー」

「こらこら、そんなこと言うな」真琴が注意する。「千夏も、もうその話はやめだ。わかった？」

「はあい」

ふと壁時計を見ると、すでに休憩時間の十分を過ぎている。

「よし、もうひと頑張り」

真琴が手を叩くと、子供たちが立ち上がった。

竹刀を握ってちょこまかと動く子供たちを見ながら、真琴は考える。こうやって注意を促しても、子供というのは隙だらけなのだ。親にしても、こういう事件が起こると怖がりながらも、心のどこかで「うちは大丈夫」だと思っている。そこをつけこまれるのだ。そうでなくては、犠牲者が出るはずがない。

真琴は子供たちに素振りをさせながら、ぼんやりと由紀夫という気の毒な男の子のことを考えていた。

ちびっこ剣道クラブでのボランティアを終えて帰宅する頃には、そろそろ八時になろうとしていた。特に今日は、小学校高学年の兄弟——春久《はるひさ》と斗真《とうま》を家まで送ってやったので、遅くなってしまったのだ。

「えー、せんせーと帰れるの、いいなー」

「ずるーい」

みんな口々に言いながら、親に手を引かれて帰って行った。兄弟を家まで送り届ける道すがら、他の子供とはすれ違わなかった。街はしんとしており、大人でさえも外出を控えているかのように見える。いつもは立ち読み客のいるコンビニでも、心なしか人は少ない。想像以上に、街中が警戒している。子供の多いベッドタウンだ、無理もない。それなのに、この兄弟の母親は、ふたりだけで帰らせようとしていた。いくら高学年の男子だからって、もうすっかり日は暮れている。危ないと思わないのだろうか。用心しすぎる親がいるかと思えば、隙だらけの親もいる。

団地に到着し、春久と斗真と共にエレベーターに乗る。と、三輪車に乗った男児と、その妹らしき女児が、ドアが閉まるギリギリに割り込んできた。

「危ないよ」

真琴が慌ててドアを押さえる。どちらも幼稚園生の兄妹だろうか。男児は三輪車に乗ったまま進み、女児はそれについて入ってくる。

「君たちだけで遊びに行ってたの？　危なくないかな」

ちゃんと乗り込んだのを見届けてから手を離すと、ドアがゆっくりと閉まった。

「別に。だって、団地の中の庭だもん」

無愛想に言いながら、男児が五階のボタンを押す。ガタン、と少し衝撃があった後、エレベーターが上昇し始めた。

「いてぇ」

斗真が身をよじった。ふと見ると、男児のまたがった黄色い三輪車の前車輪が、思い切り足を踏みつけている。

「おい、いてえだろ！」

踏まれていない方の足で三輪車を蹴ろうとする斗真を、真琴が制す。

「どけてくれない？」

真琴が注意しても、男児は知らんぷりをしている。

「ちょっとお兄ちゃん……」

女児が肩を叩こうとすると、「うるせぇ」とその手を払った。女児が泣き出す。

チーン、とレトロな音がして、エレベーターが五階に停まった。男児は何もなかったかのように、三輪車をバックで廊下へと進ませる。前輪が過ぎた隙に、斗真が足を引っ込めた。が、今度は後輪で春久の足を轢《ひ》いていった。明らかに、わざとだ。女児が泣きながら、男児について降りる。

「おい、謝れよ!」

真琴が怒鳴る。が、そのままエレベーターのドアが閉まり、動き出した。

「大丈夫か?」

「うん、大丈夫」

「でもムカつく」

兄弟が口を尖《とが》らせる。

ふたりの住む六階に到着した。吹きさらしの外廊下を歩いていると、斗真が「あ、靴が汚れてる!」と騒ぎ出した。新品のスニーカーが、泥にまみれていた。

「あ、ほんとだ……この間、誕生日に母ちゃんが買ってくれたやつなのに」

兄の方も、しょんぼりした調子で言う。彼らは、ひとり親家庭だ。まだ小学生なのに、この兄弟は母親を守ろうとしているのが伝わってくる。

真琴はしゃがみ込んで、泥を指で拭《ぬぐ》ってみる。

「残念だったな。でも多分、洗えば落ちるから」

「うん……」

斗真は、まだふくれっ面をしている。

「見逃してやれ、な?」

真琴が顔を覗き込んで頭を撫《な》でると、やっと「うん!」と機嫌を直した。

兄弟の暮らす部屋のインターホンを押すと、母親が出てきた。

「あら」

戸口に真琴が立っているのに驚き、顔を赤くする。

「いやだぁ、あたしったら、こんな格好で」

しきりにジャージ姿を気にし、そして「送っていただいてすみません、ほんとにもう」と恐縮していた。

「あの、よかったら夕食を召し上がっていきませんか? 大したものはないんですけど」

「いや、あんな事件があって、ふたりじゃ危ないと思っただけなんで」

「じゃあ先生、今度是非ゆっくりいらしてくださいね。もう、うちの子たち、先生にとってもかっこいいって」って憧れてるんですよ。いつも先生の話ばっかりしてるんです。カッコいいって」

まだ続きそうな母親の話をやっと切り上げて、真琴は兄弟の家を辞去した。玄関のドアが閉じられるのを確認した後、真琴は兄弟の居宅がある団地の六階から、階段で下りる。一フロア十世帯くらいか。廊下のはじから、ゆっくり歩いていく。子育て世帯が多いのか、玄関の前にはキックボードや三輪車、砂場遊びセットなどが置かれている。真琴はそれらひとつひとつを確認していく。八世帯目くらいで、見覚えのある三輪車が見つかった。

黄色い、三輪車。

真琴はその部屋の前で足を止め、じっと耳を澄ませる。かすかに、男児と女児の声が聞こえる。まだ女児は泣いているようだ。

真琴は、三輪車にマジックで書かれた名前を確かめた。

さんぼんぎ　さとし

真琴は廊下の天井を見上げた。防犯カメラは、ない。

「なるほどね」

真琴はひとりで頷く。

突然、ひとつの部屋の玄関ドアが開いた。ゴミを捨てに行くのか、両手に大きな袋を持った女が出てくる。

「こんばんは」

　にこやかに真琴が会釈すると、女もごく自然に会釈を返し、そのままエレベーターへ乗り込んでいった。制服姿の真琴を、誰も不審に思う者はいない。

　団地の中をひと通り見回って満足すると、帰路についた。ぽつぽつとマンションやアパートが並ぶエリア。そのなかの、比較的新しめのマンションに入っていく。

「ただいまー」

　自宅の玄関を開ける。奥から母親が、スリッパの音をぱたぱたとさせながらやって来た。

「おかえり、真琴。日曜なのにご苦労様。お夕飯、食べてないでしょ？」

「うん」

「すぐ温めるから」

　玄関先に防具を置き、靴を脱ぐ。沓脱《くつぬぎ》には大きな革靴が置かれていた。

「父さん、帰ってんの？」

「さっきね。一緒に食べたら？」

「そうする」

　自分の部屋に行き、制服を脱ぐ。かすかに汗の臭いがし、先にシャワーを浴びようかとも思ったが、とにかく何かを胃に入れたかった。着替えてダイニングへ行き、テレビを観ながら食べている父親の前に座る。すでにご飯と味噌汁がよそわれ、たくさんのおかずが並んでいた。

「いただきまーす」

早速ガツガツと掻き込む。父親はバラエティー番組に笑いながら、学校や剣道のことをいろいろ聞いてくる。真琴もテレビを観ながら、適当に答える。

「あ、この車カッコいい。父さん、買い替えてよ」

コマーシャルを見て、真琴が言う。

「これから誰かさんを大学へ通わさなくちゃならないってのに、無理だよ」

「シルバーのスバルなんて、おっさんくさいじゃん。もう十年選手だしさ」

「悪かったな」

「絶対ＳＵＶがいいって！」

そこへ母がお茶を運んできた。

「もうちょっと声を落としてよ。テレビの音も大きいわ」

隣の部屋への音漏れを気にして、母がリモコンでボリュームを下げる。そしてそのまま食卓につき、車談義に加わった。ごく普通の、家族団らんの風景だ。

バラエティー番組が終わると、ニュース番組が始まった。

「今朝五時半頃、東京都藍出市で四歳の男児の遺体が見つかった事件で——」

アナウンサーが淡々と読み上げる声が、ダイニングに流れる。母親はすかさずリモコンを取ると、テレビを消した。

「……こういう事件、辛くてしょうがないわ」

母親が、長いため息をつく。

「まったくだな……」

悲痛な表情をした、善良な母親と父親。

「ごちそうさま。風呂入ってくる」

真琴は食卓を離れると風呂場へ行った。湯船に浸かって、稽古の疲れをほぐす。腕や肩には、後輩に竹刀で打たれた痣が、日数を経て黄色く変色している。それらの痣に交じって、二の腕に新しい赤い痣がひとつ、あった。

首を絞めた時に抵抗されて、思い切り蹴られてできた痣。

幼い男の子なのに、ものすごい力だった。

「真琴？」

風呂場のすり硝子《がらす》に、母親の影が映る。

「あ？　なに？」

「シャンプー、もうなかったでしょ？」

「あー、わかんない。まだ使ってない」

「ないかもしれないから、新しいの、ここ置いとく」

「了解」

母親の影が消える。真琴は湯船から出て新しいシャンプーを取り、鼻歌を歌いながら髪を洗って体を洗う。ゆっくりして風呂場を出ると、ダイニングの電気は消え、家中がしんとしていた。みんな、もう寝たのだろう。清く正しい、普通の市民の暮らし。

真琴は起こさぬよう、そうっとドアを開けて自室に入る。締め切ったカーテンの隙間からかすかに漏れる月明かりを頼りに、鍵で机の引き出しを開けた。

引き出しの中には、臭いが漏れないよう、ジップ式のビニール袋で二重に密封された小さな肉片が入っている。血液がどす黒く乾き、包皮が醜く縮んでいた。そしてポラロイド写真が一枚。それには目を閉じ、血の気を失ったひとりの男児の姿が写っていた。

真琴は手袋をはめると、写真を取り出し、月光のもとで確認する。

「そっかあ、由紀夫って名前だったのかぁ」

小さな声で、独り言《ご》ちる。

今年の夏、小学生の剣道大会に応援に来ていたのを見た時から、目をつけていた。

「やっぱり君は、悪い子だったんだね」

そう話しかけ、引き出しに写真をしまうと、再び鍵をかけた。ふと綿貫が言っていた言葉を思い出す。

「『真琴は子供好きだもんなあ』、ねえ……」

暗闇の中でそうっとベッドにもぐり込みながら、真琴はひとり、低い笑いを漏らした。

4

保奈美はノートパソコンを開けたまま、ぼんやりとしていた。今手がけている翻訳の期限は、明後日。それなのに、どうしても手につかないのだ。朝も昼もろくに食べず、コーヒーばかりを口にしている。

理由はわかっている。あの事件のことが気にかかってしょうがない。可哀想な男の子。あんなむごい殺され方をして、いいはずがない……。

どうして、こんなに恐ろしいことが起こってしまったのだろう。ニュース番組で見た、生前の男の子の顔写真が、頭から離れない。

ふと、デスクの奥で、資料に埋もれかけている写真立てが目に入る。眩しいばかりの、娘の笑顔。頭に可愛いリボンをつけ、ファインダーに向かって手を伸ばしている。一歳の誕生日に撮ったものだ。ふいに、涙がこみ上げてきた。

この笑顔を守れるのは、わたししかいない——

わかっている。靖彦だって、心から娘を愛しているし、いざという時は命を投げ出せるほど大切に思っている。けれども父親の愛情は、根本的に母親のそれとは違う。母親にとって、子供は一心同体。子供が生まれた日から父親になる男とは違い、命が胎内に宿った瞬間から女は母親になる。――いや、不妊治療を繰り返してきた期間を振り返ってみて実感する。子供を持とうと努力を始めた時から、女は母親となるのかもしれない。

だから保奈美は思う。自分が母親になったのは、不妊治療専門クリニックのドアを叩いた、あの日だったのだと。何年も経った今でも、保奈美はまざまざと思い出すことができる。

大学病院で不妊治療に携わっていた医師が新たに開院したというクリニックは、まだ新しかった。

初診の日は、医師の診察の前にまず『不妊治療について』という二十分程度の映像を見せられ、それから血液型、性病や風疹《ふうしん》抗体を調べる採血をした。夫も付き添いで来ていることがわかると、医師は靖彦の血液と精液も検査するようにナースに指示した。

「え、俺も検査すんの？　なんで？　俺の血なんて、関係ある？」

子供を欲しがっており、病院にも「行こう行こう」と積極的についてきたのに、針が苦手な靖彦はぶつぶつと文句を言った。保奈美だって、採血も注射も大嫌いだ。しかもこれからは、ホルモン値を測定するために毎月何度も採血をすると説明を受けたばかりだ。たった一度の検査くらいでぐずぐず言うな、と保奈美は怒りたくなる気持ちをぐっとこらえた。

採血を終えると、男性スタッフが、精液検査のために靖彦を呼びに来た。

「俺、昨日しこたま飲んだからなあ」

「最近寝不足が続いてたけど、どうなんだろう」

さんざん言い訳しながら、採精室へと連れられて行った。男性は、そこでマスターベーションをして精液を採取し、容器に入れて、検査に出すのである。三十分ほど経ち、靖彦が待合室へ戻ってきた。

「どうだった？」

保奈美が聞いても、

「ん？　いや、別に」

とそっけない。

もしかしてうまく採れなかったのだろうか。男性は繊細だから、検査だと構えすぎて失敗してしまったのかもしれない——聞こうか迷っているうちに、保奈美の方も呼ばれた。

年配の男性医師による内診で、最初に膣からプローブという器具を入れての超音波診断が行われた。高校以来の内診というだけでも緊張していたのに、指を入れられて子宮を触られたのはショックだった。子宮の硬さを触診するという説明を受けたが、それでも人間の指が入ってきた感触は生々しく、保奈美はきつく目をつぶり、早く終わることだけを祈った。

「月経直後なんですね。せっかくですから子宮卵管造影検査をしておきましょう」

子宮を経由して卵管に造影剤を入れてレントゲンを撮り、子宮に奇形や異常がないか、また卵管が通っているかどうかを調べる検査ということだった。しかも造影剤を流すと卵管に軽い癒着がある場合は解消されることが多いため、治療的側面もあるのだという。卵管の詰まりが解消された人は、この検査から三か月ほどは妊娠しやすくなるらしい。

大きなレントゲン室へと移動して台の上に寝ると、すぐに器具やチューブが入れられた。

「少し圧がかかりますからね」

「痛かったら言ってね」

看護師が保奈美の両腕を押さえつける。その途端、想像を絶するような痛みが下腹部を襲った。目の前が真っ白になり、息ができなくなった。痛い痛いと叫んでいるのに、「頑張って」と励まされるだけ。そのうちに、「今からレントゲンを撮るから、絶対に動かないで」と医師も看護師も出て行ってしまった。

何度も痛みに耐えてやっと撮影を終えたものの、造影剤が体に合わなかったのか、それとも緊張のせいか、繰り返し吐いてしまい、しばらくベッドで安静にしていなければならなかった。

でも、これから妊娠しやすくなるんだ……そう考えると、ふらふらになった体にわずかに力が湧いた。

それなのに、結果は無情だった。

「何度試しても、右側の卵管が通りませんでした」

医師は残念そうに言い、安静にしているベッドの脇で、レントゲン写真を見せてくれた。

レントゲン写真では、造影剤が通っている個所がくっきりと白く浮き出ていた。真ん中に子宮があり、本来ならその両脇に白い造影剤が延びているのが見えなくてはならないそうだが、左側にしか延びていない。

「痛かったね。ごめんね」

医師が言う。詰まった卵管に造影剤の圧力がかかっていたから、あんなに痛かったのか。辛い検査であったが、医師には優しさが感じられた。それだけでも、保奈美には大きな慰めとなった。

「あとね、もう片方の卵管なんだけど、今回は何とか通ったけれども、かなり狭窄《きょうさく》してるんだよね。もちろん自然妊娠のチャンスがないとも言えないけど、ちょっと難しいかな。とにかく排卵が起こらないことには何も始まらないから、最初は排卵を誘発する薬を飲んでもらって、超音波で卵胞の成長を確認して、排卵日付近に性交を持つようなタイミング指導から行ってみましょう。それを何周期か試して結果が出なかったら、卵管の疎通性を回復する手術を検討した方がいいかもしれないね」

保奈美は「え」と呟いたきり、言葉が出なかった。医師は丁寧に説明を続ける。

「あのね、卵管って大事なんだよね。まず、卵巣から排卵された卵子を受け止める役割がある。次に、卵管の中を泳いできた精子と出会わせる役割、それから受精卵を育てて子宮へと送る役割があるの。いくら良い卵子ができても、卵管に問題があると、妊娠は難しいんだよ」

多嚢胞性卵巣症候群に加えて、右側の卵管が閉塞、左側は狭窄。排卵さえうまくいけば妊娠できると思っていたのに、まさか手術をする可能性もあるだなんて。病院特有の白い簡素なベッドに顔をうずめて、保奈美は泣き出してしまった。医師はそうっとベッドを離れ、一人にしてくれた。

ひとしきり泣いて、やっと吐き気も治まり、待合室に戻る頃には、検査室へ入ってから二時間が経っていた。

「長い検査だったねえ」

靖彦は雑誌をぱらぱらめくりながら、呑気《のんき》に言う。

気を失いそうなほど痛い検査だったこと、吐いてしまったこと、両側の卵管に問題があったこと、場合によっては手術をしなければならないこと——保奈美は一気に吐き出した。靖彦はうんうんと頷いていたが、

「でも、治してもらうために来たんでしょ?」

さらりと流す。

「……そりゃあそうだけど……でも」

「あ、それより、俺の精子、問題ないって!」靖彦は自慢げに鼻を膨らませた。

「あーもう、結果を待ってる間、生きた心地しなかったよ。いや、問題ないはずだって信じてたよ? でもやっぱ、緊張するじゃん。いやー、よかった」

穏やかなクラシック音楽が流れる待合室に、靖彦の声が響いた。数名の男女が、ちらりと靖彦を見る。この中に、男性不妊に悩む患者もいるかもしれない。しかし保奈美は靖彦の無神経さよりも、保奈美の子宮卵管造影検査に反応を示さないことが気になった。

「ねえ、すごく痛かったんだよ……? 吐いたんだよ?」

もう一度、言ってみる。さっきはよくわかってなかったのかもしれない。

「俺もなんか今日さー、イク時、痛かったんだよ。溜まってたからかな」

靖彦は大真面目な顔で、まるで重大なことのように言った。保奈美は言葉を失った。

この人は、わたしの言葉をちゃんと聞いてるのだろうか？

「あ、でもさあ、ちょっとウケたのが、洋モノ」

「――え？」

「だから、アダルトビデオだよ。採精室に置いてあるの。あ、もしかして知らなかった？　部屋に入ったらさ、テレビとでっかいソファがあって、棚にずらりとビデオが並んでるわけ。そしたら洋モノも結構揃っててさぁ。あれ、誰の趣味かなあ。いやはや、いずれにしても、どれもなかなかレベルが高かったね。あ、ていうかさ、もしかしたら不妊治療病院って、唯一アダルトビデオを経費で落とせるところだったりするんじゃないの」

靖彦はにやにやした。

「そんな下らないこと……」

やっと出た保奈美の声は震えていた。

「わたしが、こんなに苦しんでたのに……」

「へ？　死ぬわけじゃないんでしょ？」

自分でも、顔色が悪くなっているのがわかった。両手が真っ白で、頬から血の気が引いて冷たくなっているのを感じる。

「あれ、もしかして怒ってんの？」

靖彦は意外そうな顔で保奈美を見た。

「怒ってるっていうか……悲しい」

「……悪かったよ」

気まずそうに、靖彦が謝った。ぶっきらぼうな口調だったが、それでも保奈美は救われた。別に大げさに心配してほしいわけじゃない。ただ少しだけ、心に寄り添ってほしかっただけだ。靖彦だって、初めて専門病院に来て、ナーバスになっていただけなのかもしれない。

「でもさ、妬《や》かれても困るな」

「――え？」

保奈美が首をかしげると、靖彦がため息をついた。

「そりゃあ、昔から、俺がアダルトビデオ見るのを保奈美が嫌がってるのは知ってる。けど、今日は仕方ないじゃん」

保奈美は、ただ唖然とした。

全然、わかってない。

どうして保奈美が怒っていたか。悲しんでいたか。

子供が欲しいと言いながらも、この人にとっては、不妊治療は他人事なのだ――

ひとりで治療と闘う覚悟をしなければ、と保奈美は思った。これから始まる未知の治療への恐怖におののきながらも、子供を授かることへの決意を新たにし、肝を据えた。まだ見ぬ我が子への愛が、保奈美を強くした。この時すでに、保奈美は母になったのだった。

思い出に浸っていた保奈美はハッとし、慌てて時計を見る。もうすぐ四時半。そろそろ薫を保育園に迎えに行かなくてはならない時間だ。保奈美は椅子から立ち上がると、ジャケットを羽織って外へ出た。

五時前の保育園入り口は、とても混雑する。お迎えに来た保護者たちや、もたもたと靴を履く園児たちでごった返す。

「薫ちゃん、今おしっこに行ってますから」

保奈美に気付いた保育士の田畑《たばた》が、にこやかに言う。

数か月前から、トイレトレーニングを始めてもらっている。まだ尿意というものを理解していないのか、自分から「行きたい」と言うことはない。けれども朝の会の後、お昼寝の前、お昼寝の後、お迎えの前、と定期的にトイレに座らせてくれる。きょとんと便座に座っているだけのことも多いが、ちゃんと排尿できることもたまにある。そういうときに思い切り褒めてもらっているので、少しずつであるが成功率は上がっている。うまくいけば、春までにはおむつが取れるかもしれない。

薫が、子供用トイレからとてとてと歩いて出てくる。そして靴下を入れているプラスチックボックスから自分の靴下を、靴箱から靴を取り、玄関までやって来た。

「薫ちゃん、ずいぶんしっかりしてきたわねえ」

田畑が目を細める。

「ええ、ほんと。自分の好みや主張も、しっかりするようになりました。毎朝、このスカートがいい、このリボンはいや、とか」

保奈美が言うと、田畑が笑った。

薫は玄関先にぺたりと尻をつけ、懸命に靴下に足を入れている。園内では、土踏まず形成のために、素足で過ごすことになっていた。スカートがめくれて、おむつと太ももがあらわになる。レギンスを穿かせて登園したはずなのに、と保奈美が思っていると、

「そうだ、レギンスなんですけど、今日、おもらししちゃって」

と田畑が言った。

「ああ、そうだったんですね」

「ええ。それで、薫ちゃんのお着替えボックスを探したんですけど、レギンスもおズボンも入ってなくて。これから寒くなりますし、多めに持ってきておいていただけますか?」

「まあ、すみませんでした。明日、何枚か持ってきます」

薫が何とか靴下と靴を履き終え、立ち上がる。スカートから伸びた足が、寒々しい。

「……スカートは、しばらくやめた方がいいかも」

ぽつりと、田畑が言った。

「え？」

「怖い事件があったでしょう？　変な人に目をつけられないように、できるだけズボンの方がいいかなって」

「ああ、確かにそうですよね」

「うちもね、まだ子供が小さいから、あの事件が恐ろしくて」

「ああ、先生のところ、四歳児さんと三歳児さんでしたっけ？」

保育士である田畑も、子供を預けて働く母親の一人だ。

「そう。女の子二人。今回被害にあったのは男の子だけど、女の子だってわからないでしょ？　とにかく幼児だったら男でも女でもどっちでもいいっていう、気持ち悪い奴かもしれないし。ああ、やだやだ」

自分の言葉に不快感を覚えたように、田畑が顔をしかめた。

「本当に、そうですよね」

薫が手を伸ばしてくる。保奈美は、その小さな手をぎゅっと握りしめた。

「生きた心地がしないですよ。こんな幼い子供を狙うなんて、怪物です。怪物は、今その辺にいて、次の犠牲者を探してるかもしれないって思うと……」

気持ち悪い奴。

怪物。

娘が、気持ちの悪い怪物に――

保奈美の手が震える。

「とにかく気を付けましょうね、お互いに」

田畑は念を押すように言い、それから「薫ちゃん、また明日ね」と顔を柔らかく崩した。


早く家に帰りたかったが、薫が「もっと遊ぶぅ」とぐずり始めたので、団地の中にある小さな公園に立ち寄った。砂場と滑り台くらいしかないが、保育園の行き帰りに利用するには充分だ。団地に住んでいる子だけでなく、近所の子供たちも大勢遊んでいる。砂場で遊び始めたので、保奈美はベンチに座った。夏場にはお迎えの時間は明るかったが、この季節はもう薄暗い。ぽつぽつと公園の照明が灯り始めたが、充分な明るさがあるとは言えない。

いやだな、と保奈美は不安に思う。

こんなの、連れ去りやすい環境を作っているようなものじゃない。

保奈美は、砂場にいた子供たちからスコップやバケツを借り、一緒になって遊んでいる薫を見る。初めて会っても、すぐに友達になれるのが子供の良いところだ。微笑ましい気持ちになりつつも、すぐに保奈美は顔を曇らせる。砂場を照らす照明は、ひときわ暗かった。

一般の公園であれば管理している自治体に言えばいいが、団地に付属している場合は、どこに話をすればいいのだろう。考えを巡らせていると、ゴミ箱からゴミ袋をまとめている作業着姿の老人が目に入った。

「あの、すみません」

保奈美は立ち上がり、老人に駆け寄る。

「ここの照明、ちょっと暗すぎると思うんです。こういうの、どこに要望を出せば――」

そこまで言うと、老人が遮った。

「近々、業者が取り替えることになると思いますよ」

「え、そうなんですか？」

「はい。昨日から苦情が相次いでましてね」

なんだ、そうだったのか――

保奈美は礼を言うと、ベンチへと向かいかけ、足を止めた。

薫の姿が、砂場から消えていた。

5

「まさか、君とコンビを組まされるとは思わなかったなぁ」

坂口は、歩きながらぼやいた。

藍出署を、谷崎と共に出たところだった。秋空に朝陽が眩しく、すがすがしい。白い雲が、天高くゆったりと流れていく。

「知りませんよ。係長にでも聞いてください。はは一ん、所轄の刑事をいびろうとでも企んでたんですか？　残念でしたね」

谷崎は涼しい顔で応え、カツカツと小気味良くパンプスの踵《かかと》を鳴らしながら歩いている。

捜査会議から一夜明け、今日から本格的に捜査に加わることになっていた。昨日の捜査初日には目立った成果は挙げられず、今日から捜査員を増員し、改めて、ローラー作戦で死体遺棄現場周辺や被害者宅付近を中心に虱潰《しらみつぶ》しに訪ね、話を聞いて回る。

捜査本部が立ち上がると、通常、警視庁の刑事と所轄の刑事と一人ずつでコンビを組むことになる。しかし坂口は係長から谷崎と一緒に動くよう命じられ、遺棄現場付近の聞き込みを割り当てられたのだった。

「よりによってなぁ」

坂口はため息をつく。

「あら、ポーズじゃなくて、本当にイヤがってるんですか？」

「別にイヤなんじゃないよ。ただ……」

正直なところ、女性とは組みにくい。ただそれだけだ。特に若い女性だと、尚更である。

坂口には、苦い思い出があった。八年ほど前、強盗殺人事件で所轄の女性刑事と組んでいた時のことだ。聞き込みに行ったアパートの一室がたまたま犯人の潜伏先で、ドアを開けた途端、ナイフを持って突進してきた。咄嗟《とっさ》に坂口は体をかわし、相手がよろけたところでナイフを叩き落とすことに成功した。素早く背後に回り、手を捻《ね》じりあげて手錠をかけようとした時——犯人はもう一本隠し持っていたナイフで、素早く女性刑事を切りつけた。あっと思う間もなかった。抵抗も虚《むな》しく犯人は確保されたが、ナイフは彼女の右頬を大きく抉《えぐ》っていた。結婚が決まっているんです、と捜査の合間にはにかみながら教えてくれた女性刑事。その後、十針縫ったと人伝《ひとづて》に聞いた。

男だったら顔を切られていいわけではない。しかしこれほど長い間、引きずってはいないだろう。あれ以来、どうしても女性と組むと気を遣ってしまう。そして気を遣っていることを気付かせないようにすることに、さらに疲れる。

「あ、もしかして、わたしが女だからですか？」

坂口の考えを読んだかのように、谷崎が言った。坂口が答えに困っていると、谷崎が大きな口を開けて笑った。

「やっだなー。気にしないでくださいよ」

そうは言われても、簡単なものではない。

「坂口さんって、実は真面目ですか？」

「ん？」

「どうしたら女性であることを意識せず、また、意識させずに仕事を進めることができるか。男と同様に扱うことができるか……。そんなことを、今ぐるぐる考えてますか？」

「……まあ、そんなところだ」

「不自然です」

谷崎が、きっぱりと言った。

「……なに？」

「だから、実際にはわたしが女性であるのに、意識しないでおこうとか、男と同様の仕事をさせなければならないとか、そういうことを考えること自体が、です。性差は歴然としてそこにあるのであり、その差を乗り越えられる物事と乗り越えられない物事は存在するわけです。そもそも、わたしの考える真の意味でのジェンダー・フリーというのは――」

「ちょ、ちょっと待て！」慌てて坂口が遮る。「俺にもわかるように話せ」

「だからぁ」

最後まで自説を披露し損ねたことが不満なのか、谷崎が鼻を鳴らした。

「女だと意識しないでおこうってガチガチになる方が、逆に不自然ですし、性差別になりかねません。その差を受け入れ、互いに補い合えばいい――というのがわたしの持論です。坂口さんって、いやらしいドスケベのセクハラおやじかと思ってましたが、案外、気が小さいんですね」

「谷崎くん、君ねぇ……」

呆れるやら、腹が立つやらで、坂口の顔は熱くなった。反論しようにも、このこまっしゃくれた、けれども恐ろしく頭の回転が速くて弁も立つ後輩に、何をどう言えばいいかわからない。

「……ほっとけ！」

やっと出てきたのは、なんとも幼稚な台詞であった。

「ですからねぇ坂口さん、女性には女性の得意分野があるんですからね？　そこを、とことん利用すればいいってことですよ」

谷崎の口調が、急に穏やかで、子供をあやすような口調になる。やれやれ、と坂口は心の中でため息をついた。

「聞き込み捜査では、女性の方が警戒心を抱かれませんしね」

表札を確認した谷崎が、一戸建てのインターホンを押した。坂口と谷崎に任された担当範囲の一軒目に到着していた。

「わたしと組んだこと、後悔させませんから」

自信たっぷりな谷崎の言葉が終わると同時に、「どちらさま？」とスピーカーから、女性のくぐもった声が聞こえてきた。

インターホンにはカメラのレンズがついている。坂口と谷崎の姿が、家の中のモニターに映っていることだろう。確かにこういう時、男二人のペアよりも、男女のペアである方が警戒はされにくい。

「警察の者です。少しお話を聞かせていただけませんでしょうか」

谷崎が述べると、すぐに玄関のドアが開いて小太りの女性が出てきた。女性は幼児殺害事件のことだと察していたらしく、開口一番「怖いわよねえ」と肩を震わせた。

「昨日の午前五時半頃、河川敷で男児の遺体が発見されました。ご存知ですね？」

警察手帳を見せた後、谷崎が手帳とボールペンを出しながら、確認のために尋ねる。

「ええ、ニュースで見ました。本当に気持ちが悪いわ」

「その前日の深夜から早朝にかけて、物音や話し声などお聞きになりませんでしたか？」

「いいえ」

女性は力なく首を振り、ため息をついた。

「この近所で小さな男の子がひどい目にあっていたというのに、何も聞こえませんでした」

「事件の前後に不審な人物や車両など、お見かけになったことはありませんか？」

「そうねえ、うちは子供が三人とも小学生なんだけど、事件後に急遽、学校と保護者で話し合って、持ち回りで登下校時に通学路や周辺をパトロールすることにしたのよ。だけど今のところ、特に気になったことはないわねえ。まあ、始めたばかりだし……」

「事件の前などに、気になったことは」

「わたしも、それをずっと考えてたのよ。ほら、よく聞くじゃない？　こういう事件が起こる前には、小動物が虐待されて殺されてるとか、ゴミが燃やされてるとか。でもそういうのもなかったと思うのよね。ご近所とのトラブルがある人ってのも聞かないし……」

「なるほど。周辺では、特にこれまで変わった点はなかったということですね？」

「この数か月間のこと、一生懸命思い出してみたんだけど、心当たりはなかったのよねえ。それにしても、幼児を狙うなんて絶対に変質者でしょ？　性犯罪を犯した人のリストを警察は持ってるって聞いたことがあるけど、それを市民も閲覧できないの？」

「海外ではそういう国もあるんですが、日本では……」

詰め寄ってくる女性に対して、谷崎が申し訳なさそうな表情を作る。ミーガン法か、と坂口は思った。

性犯罪の前科がある危険人物の情報を地域に流して、地域ぐるみで監視をする犯罪防止法。この法律がアメリカで制定されるきっかけとなった被害者女児、ミーガン・カンカの名前から、俗称で「ミーガン法」と呼ばれており、イギリスや韓国などでも導入されている。日本でも成立させようという意見もあるが、実現すれば刑期を終えても社会復帰が困難になる可能性や、性犯罪者への暴行や嫌がらせの恐れなど、数々の懸念点が指摘されており、導入されていない。

「性犯罪者には、人権なんていらないわよ」

まるで坂口の考えを読んだかのように、女性が鼻息を荒くした。

「性犯罪は、魂の殺人。卑劣なことをしておいて、何がプライバシーよ、社会復帰よ、そうでしょ？」

女性が同意を求めるように、坂口と谷崎を交互に見る。公的な立場としてどう反応すべきかと坂口が一瞬迷った間に、谷崎が口を開いた。

「女性としては、他人事ではありませんものね」

肯定も否定もせずに、ちゃんと相手の気持ちを汲《く》んだ返答。谷崎の咄嗟の機転に、坂口は感心した。

「そもそも、そういう人間が住んでるって情報が一般公開されていれば、近隣の住民だって警戒できたわけだし、あの男の子だって死ななくて済んだかもしれないじゃない。事件が起こってから捜査するなんて、泥縄もいいとこ。さっきも言ったけどうちだって小学生の子がいるし、怖くてしょうがないわよ。どうすれば、情報公開の法律が通るの？　あと何年くらいかかるの？　目途は立ってるの？」

だんだん話が逸《そ》れてきたところに、坂口が割って入った。

「ご心配はごもっともです。とにかく我々も、一刻も早い事件の解決を望んでおりまして、何かお話を伺えないかとやって来た次第です。それでは過去にも、そして保護者でのパトロールを開始されてからも、お気付きの点はなかった、ということですね？」

話を引き戻すと、女性は「ええ、そうです」と頷いた。坂口も谷崎もメモを取り終える。これ以上何も聞くことはなさそうだ。

「こんな郊外で、またこんなことが起こるなんて。ほら、何年か前に、大美戸《おおみと》市で強姦事件があったじゃない」

すぐ隣の大美戸市で、四年ほど前に連続婦女暴行事件が起きていた。被害者は中学生から高校生の女性で、幸い犯人は捕まったが、この平和な郊外の住民に、大きな暗い影を落とした。

「あの事件も、本当に怖かったわ」

女性はふうっと息をついた。

「表面的には平和に見えるのにね。この空の下に、あんなひどいことをした人が、本当にいるのよね……」

女性は両腕で自分を抱きしめると、哀しげな瞳を青空に向けた。


それからも地道に一軒一軒、戸を叩き、尋ね歩いたが、誰からも有益な情報は聞くことができなかった。

「誰も、何も見ていない、聞いていないなんて……そんなことって、あるんでしょうかねえ」

谷崎がため息をつく。

捜査本部が設置されても解決に至らない事件は数々ある。しかしそれでも、大きな音が聞こえた、犯人の着用していた衣服が脱ぎ捨ててあった、血痕や足跡が残っていたなど、何らかの痕跡はあることが多い。なのに今回の事件は、今のところ犯人の痕跡がまるで見当たらないときている。捜査を始めて、ほんの二日。これから情報が集まってくる可能性はある。それなのにどうしても、坂口にはこれからの捜査に暗雲が立ち込めている予感がするのだ。

「昼飯にするか。腹が減っては何とやらだ」

できるだけ明るい口調で、坂口が言った。

「わ、もうとっくに二時過ぎてる。どうりでお腹ぺこぺこ。そうですね、さっと食べて次に行きましょう」

谷崎が腕時計を見て驚く。

「商店街にうどん屋があったな。そこにしよう」

坂口が商店街に向かいかけると、谷崎が不満げな顔をした。

「うどん？　そんなもの、腹が膨れないじゃないですか」

「え？」

即座に却下され、坂口は目をしばたたかせた。

「じゃあ何がいいんだ。まさかフレンチとか言うなよ」

「カツ丼食べましょうよ、カツ丼。駅前に、立ち食いを見かけた気がするんです」

坂口は一瞬考え、「ああ、あそこか」と思い至った。別の事件の捜査中に、何度か立ち寄ったことがある。

「しかし君、店内に入ったことあるか?」

すでに駅へと歩き始めた谷崎の後を、慌てて追う。

「え?　ありませんけど?」

「なんというか、時代を感じるというか、渋すぎるというか……まあ率直に言えば、ものすごく汚いんだ。女性客を見たことが、一度もない」

ぴたりと谷崎が立ち止まった。

「ボリュームはどうですか?　味は?」

「え?　まあ、悪くはないな」

「ああ、よかった」谷崎は心底ほっとした顔をした。「ボリュームと味!　それが全てですよ」

大股でやたら速く歩く谷崎に、坂口も歩調を合わせる。

「本当にいいのか。気を遣ってるんじゃないんだろうな」

「それって、わたしがあえて男っぽい食べ物を選んでるってこと?」

ほとんど競歩のように歩いている状態で、谷崎はちらりと坂口を見た。

「もう、まだわかってないなあ。そういうことを意識しないのが、わたしのスタンスだって言ってるじゃないですか」

「いや、その、すまん」

「まあ坂口さんの気持ちもわかりますけどね。男女差をなくそうと意識するあまり、常にピリピリしている女性もいますから。男性におごられると怒ったりとか。確かにデリケートな問題で、坂口さんが女性の扱いに戸惑うお気持ちもわかります。また、誠実に向き合おうとしていらっしゃることも」

「うむ、まあな」

カツ丼屋の、手垢で汚れたのれんが見えてきた。香ばしいラードの匂いがする。

「でも先ほども言いましたでしょ。性差を受け入れ、互いに補い合う。むしろ、差を活かすことで、物事がスムーズに運ぶことも少なくないんです」

確かにそうだ。仕事をしていても実際、女性に任せた方がベターな案件がある。女性が被害者である場合——特に性犯罪——はもちろんだが、被疑者が女性である場合にも、同じ女性だからと心を開いて自白してくれることは少なくない。坂口だって女性刑事に大いに助けられてきたたし、そのたびに、男にはないふところの深さに感嘆した。確かに、それぞれの性に合った役割と適所があると、坂口も思う。

「わたしの持論を、今度こそおわかりいただけましたか？」

「うん？　ああ、多分……な」

「というわけで、どうしても坂口さんがおごりたいとおっしゃるのであれば、わたしは喜んで受け入れる——そう解釈していただいて差し支えありませんから」

ちゃっかりした笑顔を浮かべると、谷崎はのれんをくぐっていった。

6

午後のホームルームが終わると、真琴は玄関へと急ぐ。バイト先の店長から緊急のメールが入っていて、五時までレジに入ってくれと泣きつかれたのだ。人でごった返している靴箱で靴を履き替えていると、肩を叩かれた。

「マックでも寄ってかない？」

同じクラスの、桃子《ももこ》と麻美《あさみ》だった。二人ともクラスでは可愛い方に分類される女子で、生物の授業で同じ班になったことをきっかけに、昼食や放課後など、時々真琴を誘ってくる。

「いや、バイトあるから」

「えー」

「残念」

「じゃ、急ぐから」

道をふさぐように立っている二人の間を割って、真琴は駆け出した。「もうー、真琴ったらぁ」「最近、付き合い悪ぅい」という、舌っ足らずな文句が聞こえてくる。

正門前からバスに乗り、五つ目の停留所で降りた。そこから歩いてすぐのサンズマートに、従業員口から入る。

ロッカールームでロゴ入りのポロシャツに着替えてエプロンを着けると、店内へ続くドアを開けた。殺風景なバックヤードと違い、食品を美味しそうに見せるよう工夫された照明で店内は明るく、清潔で、たくさんの客でにぎわっている。

「いらっしゃいませ」

にこやかに声をかけながら、真琴はざっと店内を見回る。レジ交代まで十分弱。メモを片手におろおろとしている男性客には「お探しの物をご案内いたしましょうか?」、高い棚に手を伸ばしている女性には「お取りいたします」、買い物かごに重そうなものを入れている老人には「カートをお持ちしましょうか」と手を差しのべる。

こんな風にして由紀夫にも、最初に声をかけたのだった。

由紀夫はお菓子のある通路を走り回っていた。片手を棚に突っ込んで走りながら商品をバラバラと床に落としていく。通路の端から戻ってくる時、まき散らした商品のひとつを踏みつけた。

たまたまシフト交代の時間で、休憩しにバックヤードへ向かう途中だった真琴は、チャンスだ、と思った。由紀夫に目をつけて以来、ずっとその存在を意識していたのである。

「ああ、これじゃもう、売り物にならないよ」

真琴の声に、由紀夫はぴたりと足を止めた。そして睨《にら》みつけてきた。

床に落ちた商品を棚に戻すために、真琴はしゃがみ込む。目線が、由紀夫と同じ高さになった。へしゃげてしまった箱を由紀夫に見せるが、ふてくされたようにぷいと横を向いてしまう。

「ライダー・パンサーのチョコレートか。欲しい？」

真琴が聞くと、顔を逸らしていた由紀夫が、急にこちらを向く。

「いいの？」

「だって、もう売れないでしょ？　君が、踏んじゃったからさ」

「う……ん」

「だからあげるよ。お母さんはどこ？」

「お肉のところ」

「じゃあ、いっぺんお母さんのところに戻りな。それで、お母さんがお金を払うところに行ったら、裏口においで」

「うらぐち？」

「うん。入り口を出たら、そのまま右に曲がるんだ。そこで待ってるから」

「うん！」

由紀夫は嬉々として、母親のところへ走って行った。真琴は売り物にならなくなったお菓子を手早くレジに通し、バックヤードから裏口へと抜ける。缶コーヒーを飲みながら待っていると、由紀夫がやって来た。土曜日は混雑するので、休憩は一人ずつ取ることになっている。だからバックヤードにも裏口にも、他には誰もいない。

「早くちょうだい」

待ち切れないのか、足を踏み鳴らしている。

「ああ。ただし、約束が二つ」

「なに」

「もうお菓子の棚で遊ばないこと。それから、このことを絶対にお母さんにも、誰にも言わないこと」

「なんで?」

「お互い怒られるから。そしたらもう、あげられないだろ?」

「わかった」

目の前にライダー・パンサーのお菓子を差し出された由紀夫は、必死に頷いている。

「じゃあ今すぐ食べちゃって。持って帰ったら、お母さんにばれるだろ」

由紀夫は真琴の手からさっと箱をひったくると、開けて食べ始めた。子供のお菓子なので、量は少ない。すぐに食べ終わってしまう。

「さっさとお母さんのところへ戻りな。心配するから」

満足した由紀夫は、礼も言わずに走り去った。殺すなら、最低一か月は待たなくちゃならないなと、真琴は後ろ姿を見送りながら考えた。店の外、それから裏口には防犯カメラはない。しかし当然ながら店内には設置されており、映像は一か月保存される。菓子売り場での映像が抹消されてから行動に移そうと決め、事実そうしたのだった。

「レジ交代します。少々お待ちください」

交代の時間になると、列に並んでいる客に真琴はにこやかに告げて、素早く前任者と入れ替わった。

「大変お待たせしました。ポイントカードはお持ちでしょうか」

てきぱきと客をさばいていく。サンズマートで働き始めて一年半。高校生のアルバイトの中では一番長く続いている。スーパーで働くのは楽しい。客の方は覚えていないだろうが、真琴の方は客の顔をよく覚えている。必ず夕方に見る顔や、週末のみ見る顔。よく購入する弁当、ときどき購入する飲み物や雑貨など。個人情報を仕入れるにはうってつけだ。

由紀夫の住所も、バイト中に手に入れた。母親がサービスカウンターで配達を頼んでいるのを見かけたので、「不良品のクレームがあったんで、記録つけときます」と言い訳してカウンターに入り、伝票を遡ったのだった。

住所が判明してから、何度かその付近で由紀夫を観察した。由紀夫を見るたびに、心の中で黒くもやもやしたものが大きく育っていく。真琴は、苦しくなっていった。

やっぱり、殺すしかない。

真琴は、そう思った。

そして先週の土曜日――ついに運命の日がやって来たのだった。

もともと真琴は出勤予定ではなかったが、バイト仲間からシフトの交代を頼まれた。由紀夫がやって来たのは夕方で、仕事を上がる直前だった。

呼び出すつもりはなかった。けれども、由紀夫の方から物欲しげに笑いかけてきた。真琴は母親に気付かれないように小さく頷くと、「お疲れ様です」とシフトを上がった。

着替えてから裏口へ行くと、由紀夫が来た。前回のようにチョコレート菓子を与え、「早く戻れよ」と言った。いつかは殺すつもりでいた。けれども、この日と決めてはいなかった。

「やだ！」

由紀夫はふてくされていた。

「なんで」

「さっき、怒られたから」

「お母さんに？」

「うん。叩かれた」

「ふうん……」

由紀夫はべちゃべちゃと汚い音を立てて指をしゃぶり始めた。

「じゃあ、うちに遊びに来るか？」

「え、ほんと？」

「ああ。そこの先の公園に、トイレがあるだろ。個室の中に隠れて待っとけ。ノックを五回する。それ以外は開けるな」

「うん。お菓子、もっと持ってきて」

「オーケー」

由紀夫はそのまま路地へと出ていった。真琴はロッカールームに戻って、鞄と新品の防具袋を持って出た。

今日なら実行できるかもしれない、と真琴は唾を飲み込んだ。

由紀夫に目をつけてから、すでに三か月。心のどこかでずっと、さまざまな偶然が揃う日を待っていたのだ。

たまたまシフトに入ったこと。

たまたま由紀夫がやって来たこと。

たまたま由紀夫が母親に叱られ、戻りたくないと言ったこと。

たまたま部活の後に帰宅し、制服から特徴のない私服に着替えていたこと。

たまたま真琴の家族がみんな外出していたこと。

そしてたまたま——二週間前から剣道部御用達《ごようたし》のショップに注文していた新品の防具袋が届き、バイトの前に引き取りに行っていたこと。

この日、全てがつながったのだ。

由紀夫と待ち合わせた公園は、ブランコやシーソー、ジャングルジム、砂場などの他に、スライダーなどの大型遊具や野球のグラウンドもあり、広々としている。特に土曜日だったので、親子連れで賑わっていた。

誰の視線もないことを確認してから、トイレに入る。一番奥の、ドアの閉まった個室を五回ノックすると、「誰？」と小さな声がし、わずかにドアが開いた。素早く中に体を滑り込ませ、鍵を締める。

「お前の母ちゃんがそこにいた」

もちろん、これは嘘だ。

「え」

由紀夫が、さっと顔色を変えた。

「——怒ってた？」

「そりゃ怒ってるだろう。勝手にいなくなったんだから」

「でも……ママが悪いんだもん」

ぷうっと由紀夫は頬を膨らませた。

「帰るか？　一緒に行って、謝ってやるから」

こう言えば、由紀夫の性格からいって、頷くことはないと思った。案の定——

「やだ！」

由紀夫は頑《かたく》なに首を振った。

「ねえ、お菓子持ってきてくれたんでしょ？」

由紀夫は狡猾《こうかつ》そうな視線を、真琴の膨らんだズボンのポケットに投げた。

「ああ」

「もっと食べたい。おうちに行く」

「わかった。じゃあ見つからないように、ここに入れ」

真琴は防具袋のジッパーを開けた。黒々と広い口が開く。由紀夫は素直に足を入れると、膝を抱えるようにして袋の底に寝っ転がった。子供には遊び感覚なのか、くっくと笑っている。

「声を出すなよ。母ちゃんに聞かれる」

「わかった」

慌てて、由紀夫は自分の口を両手で押さえた。真琴は、男児の体を呑み込んだ真っ黒な胃袋を閉める。身長百センチ少々の体は、すっぽりと収まった――

「お疲れ。上がっていいよ」

エプロンを着けながら走ってきた店長の声で、真琴は回想から引き戻された。気が付くと、もう五時になっている。

「急に悪かったね。森《もり》ちゃんインフルだって。今日に限って、俺も店長会議があったからさぁ」

真琴がレジスペースから出ると、店長が太った体をねじ込んだ。

「ほんと助かった。困った時の真琴だのみ」

「えー、だったら時給、上げてくださいよぉ」

小声で軽口の応酬をしてから、真琴はロッカールームに戻った。エプロンを外し、着替えながら、壁の貼り紙に目をやる。

「事件解決の協力のお願い

矢口由紀夫くん事件について、見たこと、聞いたこと、

思い出したことなど、なんでもお知らせください

店長」

仕事の合間に、パソコンで作って貼り出したのだろう。忙しいのにご苦労なことだ。

人の好い店長は、このスーパーで目撃されたのが最後となったことに心を痛めているに違いない。

ドアが開いて、夕方からシフトに入る大学生の鈴木《すずき》がやって来た。

「ちょっとちょっと、事件があったんだって?」

ロッカーの鍵を開けるのももどかしく、興奮気味に聞いてくる。

「あ……ええ、まあ」

「刑事とか、本当に来たの?」

「もちろんですよ。いろいろ聞かれましたし」

真琴が答えると、鈴木の声が「マジ?」とうわずった。

「その日、大輔《だいすけ》んちのじーちゃんが急に亡くなったってんで、シフト替わったんですよ。だから出勤だったんです」

「じゃあ犯人見た?」

「見てたら、店長がこんなの貼ってないでしょ」

真琴は貼り紙を視線で示す。

「あ、そっか」

「昨日、朝イチでレジ入ってたんで来てみたら、いかつい刑事が店長と話してて。それから順番に呼ばれました。シフトが大混乱して、部活も遅れちゃって……もちろん、仕方ないですけど」

「真琴は何を話したの？」

「いや、実はその子がいなくなる前にシフト上がってたんですよね。だから役に立つ情報、何もなくて」

「そっかー。昨日サイパンから帰ってきてテレビつけたら、サンズが映ってたからびっくりしたよ。ねえねえ、全裸だったんでしょ？　ニュースでははっきり言ってないけど、ネットでは犯された形跡が――」

鈴木のその言葉は、真琴がロッカーのドアを叩いた音に遮られた。

「不謹慎ですよ、鈴木さん」

真琴に睨みつけられ、鈴木は怯《ひる》んだように口をつぐんだ。

「当事者の気持ちを考えたことありますか？　そういう好奇心が、さらに傷つけるんですよ。被害者は悪くないのに」

「……ごめん」

「いや、謝られても」

真琴は鈴木に背を向けると、ロッカールームを出た。

「あ、お土産《みやげ》のチョコレート、休憩室に置いといたから」

媚《こ》びるような声が、ドアが閉まる直前に聞こえた。

バイトが終わっても、母親に「延長頼まれた。遅くなる」とメールを入れ、「さんぽんぎ　さとし」の住む団地へと向かうことにした。バスの停留所で三つ。到着する頃には、五時半になっていた。

いなければいないで構わない。無理に捜そうとしない。焦らない。成り行きに任せる。――それが鉄則だ。

しかしうまい具合に、さとしは見つかった。団地の敷地内にある公園の砂場で、何人かの幼児たちと遊んでいた。砂場がよく見える場所にあるベンチに腰掛け、さりげなく周囲を見回してみる。照明が灯り始める程度に公園は暗くなっていたが、団地内という安心感があるからか、まだ十人程度の子供がまばらに遊んでいた。そして保護者らしき大人がほんの二、三人。

「やめてよお！」

さとしに砂をかけられて、女児が泣きそうな顔をしている。昨日見かけた妹とは違う女児だ。それでもさとしは笑いながら、他の子供をもけしかけて、砂をまき散らし続ける。さしずめ、ガキ大将といったところか。

こうやって観察している時間が、真琴には有意義に感じられる。すでにこの手が相手の命を握っていると思うと、安らぎすら覚えるのだ。

真琴の視線が、さとしから女児に奪われる。女児がすてんと砂場に尻もちをつき、泣き出したのだ。丸々とした太ももから尻に続く曲線が、スカートがめくれて露《あら》わになる。真琴はさとしのことを忘れて、泣きじゃくる女児をじいっと見つめた。

——女の子って、可愛くって、危なっかしいんだよなあ……。

真琴の胸に、またざわざわしたものが生まれ、渦巻いた。それに突き動かされるようにベンチから立ち上がり、砂場へとゆっくり近づいていく。

「おい、女の子をいじめちゃダメだろ。ねえ君、大丈夫？」

優しげな微笑を浮かべながら、真琴はしゃがんで、転んだ女児に手を差し伸べた。

7

砂場には薫が使っていた赤いスコップが、ころんと残されている。不吉な予感が、ねっとりと全身にまとわりつく。

「ねえ、一緒に遊んでた女の子、知らない？」

慌てて砂場に駆け寄り、夢中で砂遊びをしている幼児たちに声をかける。幼児たちはきょとんとして保奈美を見上げた。

「ここにいて、スコップで掘ってた子……ねえ、どこに行ったの？」

えーわかんなーい、どっかいったー、と幼児たちの答えは要領を得ない。異変に気付いたのか、幼児の保護者であろう中年女性がやって来る。

「あの、もしかして、リボンで髪をふたつに結んでた女の子のことですか?」

「ええ、そうです!」

保奈美はすがりつくように、その女性を見た。

「その子だったら……誰か男の人と公園を出て行きましたよ。親しげに話しかけていたので、てっきりご家族かと――」

保奈美の目の前が、真っ暗になった。

すぐさま公園を飛び出し、「薫! 薫!」と叫びながら走る。周辺の路地を捜すが、どこにも見当たらない。どうして目を離してしまったんだろう。ほんの数十秒の間に、いったい誰が薫を連れて行ったんだろう。

そうだ、警察。警察に捜してもらおう。一一〇番しなくちゃ。バッグを開けてスマートフォンを捜すが、見当たらない。やだ、仕事部屋の机に置いたまま、忘れて出てきちゃったんだ。どうしたらいいの。

保奈美はパニックになりながら頭を抱える。辺りはずいぶん暗い。情けなくて涙が出る。しかし泣いている場合ではない。そういえば交番があったはずだ。保奈美は再び走り出した。

交番に駆け込むと、老人に道案内を終えたばかりの警察官が、にこやかな顔を保奈美に向けた。

「あの、大変なんです、三歳の女の子が、男の人に連れ去られて――」

保奈美の緊迫した様子を、警察官もすぐに察した。名前や身長、身体的な特徴、着ていた服装などを細かく保奈美から聞き出すと、すぐに近隣の警察官の携帯メールに情報を流すと言う。

「薫ちゃんの写真を今お持ちですか？　接写させていただいて、情報と一緒に添付ファイルで送りたいのですが」

「それが、わたし、スマホを家に忘れてきてしまって……」

「プリントシールなどでも結構です。顔のわかる何かはありませんか？」

手早く鞄や財布を探してみるが、やはり何も持っていない。スマートフォンを持ち歩いてさえいればこの場で今すぐ写真を見せることができたのにと、再び自分の愚かさを呪う。

「すぐ家に帰って、スマホとデジカメを持ってきます」

交番を飛び出そうとする保奈美に、警察官が慌ててメモ用紙を握らせた。

「直ちに捜索に出ますので、写真が見つかったらこの電話番号にご連絡をください」

自宅へと全速力で駆けながら、保奈美は涙が溢れて止まらなかった。どうしよう。薫に何かあったら、もう生きてはいけない……。

震える手で玄関の鍵を開け、倒れ込むように扉を開ける。

沓脱に薫の靴が揃えてあるのが目に入った。

今日履かせていた靴のような気がする。が、それならここにあるはずがない。混乱していると、中から笑い声が聞こえてきた。

「……薫？　いるの？」

まさかと思いながら、靴を脱ぐのももどかしく中に入る。ダイニングの椅子に座って、薫がドーナツをかじっていた。

「薫！」

駆け寄って、きつく抱きしめる。この温もりは、本物だろうか。薫の髪に、思わず何度も頬ずりしてしまう。

「もー、ドーナツ食べられないよう」

薫が身をよじる。それすらも有難くて、保奈美は腕をほどけないでいた。

「おかえり」

背後から、野太い男の声がした。ぎくりとして振り向くと、夫の靖彦が牛乳の紙パックと薫用のプラスチックのコップを持って立っている。今日から二泊の研修旅行に行っているはずだ。

「やだ……なに、どういうこと？」

ようやく薫を放して、保奈美は立ち上がった。

「え、メールで送った通りだけど」

のんびりと言いながら、靖彦は牛乳を注ぎ、薫に与えている。

「メール……？」

保奈美は慌てて自分の部屋へ行き、机の上に置きっぱなしになっていたスマートフォンを取った。未読メールが四件、着信が三件入っている。

『会場の都合で研修が明日からに。ということで今日は帰宅します。夕飯よろしく』

『納車先がうちの近所だった。ラッキー。そのまま直帰できます。何か買って帰ろうか？』

『薫は俺といる。心配しないで。すぐ公園戻る』

『公園戻ってきたけど、いないね。俺たちも帰るわ』

着信も、三件とも靖彦からだった。保奈美はスマートフォンを持ったまま、へなへなと床に座り込んだ。一気に力が抜けた。砂場から連れ出した男というのは、靖彦だったのか。帰宅途中に、公園で薫を見かけたということなのか。

放心状態でダイニングに戻ると、靖彦が薫の隣に座って一緒にドーナツを頬張っていた。人の気も知らないで――。むくむくと怒りが湧いてくる。

「なんで薫を連れ出す前に、ひと言声をかけてくれないのよ！」

いきなりの剣幕に、靖彦は驚いている。

「な、なんだよ急に」

「すごく、すごく心配したんだから！　生きた心地がしなかったわよ！」

「よく言うよ、ちゃんと君に声をかけたし、電話もメールもしたじゃないか。っていうか、何？　今まで気付かなかったわけ？」

靖彦はムッとした表情で言い返す。

「だって……スマホ、家に忘れてたんだもの」

「だったら悪いのは自分だろ？　あんな事件があって君が神経過敏になってるから、いつも以上に心配するだろうと思って何度も電話したんだよ」

保奈美はカッとなった。家庭の中心である母親が不安になると、家族全員に伝染する。だからあの事件のことを知ってからも、なるべく話題にせず、平常通り振る舞うよう努力してきたつもりだった。それなのに神経過敏だと見抜かれていたことが、怒りをエスカレートさせる。

「神経過敏になんてなってない！　なによ、まるで薫が犠牲者になるって決めつけてるみたいじゃない」

「は？　そんなこと全然言ってないじゃないか。どうやったらそんな解釈になるんだ」

「薫が狙われるわけないんだから！　絶対に大丈夫なのよ！」

大声で喚《わめ》きながら、固く握った拳で靖彦を叩く。

「おいおい、どうした」

靖彦が戸惑いながら、拳を手で受け止める。そんな二人を、薫がきょとんと見つめていた。

「怖かった……怖かったんだから。また、あんな事件が起こったらと……薫がレイプされて……ああ」

泣きじゃくる保奈美の背を撫でながら、靖彦はソファに一緒に座った。

「悪かったな。心配かけた」

本当は少しも悪くないのに、靖彦は謝ってくれた。

「公園の前を通りかかったら薫がいたから、砂場へ行ったんだよ。君にも声をかけたんだけど、掃除のおじさんとしゃべってた」

そうだったのか。すっかり外灯のことに気を取られて、全く気が付かなかった。

「その時、たまたまドーナツカーが通りかかってね、急に薫が公園を飛び出していったんだ」

ドーナツカーとは、時折この周辺を回っている移動式のドーナツ屋だ。店舗を構えない分、値段が良心的で、味も素朴で美味しい。一度食べさせたら薫のお気に入りとなり、それ以来、ドーナツカーを見ると追いかけていく。

「だから俺、慌てて追ったんだよ。あそこ、車の通り多いだろ？　いやもう、冷や汗かいた。すぐに薫を引っつかまえたんだけど、ドーナツドーナツって泣いて公園に戻らないんだ。君が心配すると思ったから電話して、メールして、それからドーナツ買って戻った。でももういなかったから、メール見て先に帰ったのかなって思ってた」

「そうだったの……」

両手で顔を覆い、保奈美は安堵《あんど》のため息をつく。結局、自分がスマートフォンをちゃんと持って出ていれば、こんなすれ違いは起こらなかったのだ。

まだ体が震えていた。ドーナツを食べ終わった薫が、足をぶらぶらさせながら牛乳を飲んでいる。そんな当たり前の光景が、たまらなく尊く見えた。

「あ、そうだ警察」

保奈美は思い出すと、慌てて警察官から渡されたメモを取り出す。

「警察？」

「連絡しなくちゃ。実は交番で、薫を捜してもらうよう頼んだの」

書かれている番号に急いで電話をかけると、念のため確認するとのことで、五分後に警察官が二人やって来た。薫を連れて玄関に出て事情を話して謝罪すると、「無事だったのなら何よりですよ」と笑って許してくれた。

「まったくもう、薫ったらドーナツに目がないんだから」

警察官たちが帰ると、やっと笑顔になる余裕が出た。保奈美も箱からドーナツを取り出し、かぶりつく。

「うん！　おいしい、ね、薫」

「あー、それイチゴのだ。ずるーい」

チョコレートでべとになった、可愛らしい頬が膨らむ。保奈美がナプキンで薫の顔を拭いている隙に、薫がイチゴ味のドーナツにかぶりついた。

「あ、こら！」

ドーナツを持ったまま逃げ回る薫を、「摑まえたぞー」と後ろから抱きしめる。家中が、明るい笑い声で満たされた。

——良かった。本当に良かった。

目尻に滲《にじ》んだ涙を、保奈美はそっと拭った。

気が付いてみれば、もうとっくに夕飯の時間だ。

「やだ、全然支度してない」

保奈美はドーナツを仕舞い、キッチンへと行く。

「ごめん、すぐ作るね。先に薫をお風呂入れてあげてくれる?」

「いいよ。さ、薫、行こう」

靖彦が薫を抱き上げようとすると、「やだぁ、ママを待ってる。昨日、約束したもん」と抵抗した。

「しょうがないわねえ。じゃあ絵本でも読んでて」

「はいよ」

ダイニングとひと続きのリビングルームで、靖彦は絵本を読み聞かせ始める。保奈美は冷蔵庫を開け、食材を確認した。鶏のモモ肉、そして合挽《あいび》きのミンチ。娘の大好きな、からあげとハンバーグをたくさん作ることに決める。炒めた玉ねぎは作り置きして冷凍してあったので、手早く調理することができた。

「できたわよ」

声をかけると、薫が「いいにおいがするー」と鼻をうごめかせながら食卓にやって来た。

ドーナツをふたつも食べていたので心配だったが、薫はおかずをたくさん食べた。食事を終えて後片付けを済ませ、残しておいたおかずにラップをかけると、もう八時になっていた。

「あなた、やっぱり薫をお風呂に入れちゃってくれる?」

「えー、ママと入る」

「俺はいいけど……」靖彦が、ちらりと薫を見る。案の定、薫は「えー、ママと入る」と口を尖らせた。

「翻訳が残ってるの」

「君は？」

と口を尖らせた。

「お仕事で遅くなるのよ」

「じゃあ待ってる」

「ダメよ。九時にはねんねしないと」

だだをこねる薫を、靖彦が抱き上げて風呂場へ連れて行く。保奈美はコーヒーを淹れると、仕事部屋に鍵をかけ、パソコンに向かった。ドアが閉じている時はかなり切羽詰まっている時なので、緊急なことがない限り放っておいてくれる。辞書と資料を机いっぱいに広げ、今日手につかなかった分を取り戻すかのように急いで翻訳を進めていく。

しばらくは湯の音やドアが開閉される音、話し声などが耳に入ってきたが、無心になると何も聞こえなくなった。

ひと通り下訳《したやく》を終える頃には、十一時を過ぎていた。保奈美は首を回し、伸びをする。さすがに疲れた。そろそろ寝ることにしよう。

キッチンにハイボールを作りに行く。仕事の直後は頭が冴えて眠れない。そんな時は自分への慰労を兼ねて寝酒をするのが、保奈美の習慣なのだ。

いつもより多めにウィスキーをグラスに注ぎながら、ふと電気の消えたダイニングルームを見渡す。誰もいない、静まり返った家。ぽつねんとひとりで佇《たたず》んでいると、また事件のことが頭をよぎってしまう。いてもたってもいられなくなって、保奈美は玄関へ行き、娘の靴があること、そして部屋のドアを開けて娘がちゃんとそこで眠っていることを確かめた。

大丈夫。大丈夫だ。事件なんて起こらない。娘はちゃんと、ここにいるんだから――。そう言い聞かせるのに、ぞわぞわと足先から不安が這《は》いのぼってくるのはなぜだろう。

そうっと部屋のドアを閉め、夜風に当たりにベランダへ出た。コンクリートの手摺《てす》り壁にもたれ、濃いめのハイボールをすする。どうしても思い浮かぶのは、今回被害にあってしまった男児、そしてその母親のことだった。何の罪もない幼い命が奪われ、平穏なひとつの家庭が壊されたのかと思うと、胸が締めつけられる。

酔いの回り始めた頭の中に、とめどなく恐怖が湧き起こる。風が強くなり、マンションの下に広がる木々が、ざわざわと揺れていた。それがますます心を落ち着かなくさせ、保奈美はぐいっとハイボールをあおった。

十二階のベランダからは、先までよく見通せる。右手にはバス停とコンビニがあるので多少は明るいが、左側は完全な住宅街で、オレンジ色の外灯がぽつぽつとあるだけだ。しかも外灯のあるエリアの合間には、ブラックホールのように黒々とした田畑が広がっている。そして今回被害にあった男児が遺棄されていたのは、田畑をしばらく行った先の河原であった。

こうして見ていると、歩行者は当然ながら、車すら通らない。歌舞伎町《かぶきちょう》など、華やかな都会の夜には危険があふれていると聞くが、郊外の夜の静けさも暴力的だと思い知る。寂寥《せきりょう》の街のあちこちから、むくむくと犯罪が芽生えてくるような気がして、背筋が震えた。

もっとよく見えないものか。保奈美は酒を飲み干すと、ベランダからリビングを通って廊下へ行き、物置の扉を開ける。靖彦が昔、バードウォッチングで使っていた双眼鏡があったはずだ。薫が生まれた頃は、大きくなったら家族全員で野鳥を見に旅に出ようと言いながらまめに手入れをしていたが、最近は忙しさから、その存在を忘れていた。懐中電灯や救急箱の奥に埋もれていた双眼鏡を引きずり出すと、保奈美はふっと息を吹きかけて埃《ほこり》を払い、再びベランダへと戻った。

手摺り壁にもたれて、双眼鏡を覗き込む。途端に、遠くの景色が目の前に迫ってきた。

周辺に何棟かあるマンションには、ぽつぽつと電気のついている部屋がある。この時間にまだ起きている人がいるのだと思うと、少し心強い。見るともなく、カーテンが開け放しの窓から若い女性の姿が見えて、どきりとする。リビングでソファに座ってただテレビを観ているだけだったが、マンションの上層階ということで油断し、きっと着替える時なども無防備なのに違いない。同じ女同士であってもドキドキするのだから、男性であればさらに興味を掻き立てられ、一日中でも覗いていたい誘惑にかられるだろう。保奈美自身もマンションに住んでいるからと油断せず、夜はカーテンを閉めて過ごさなければと思った。

コンビニの店内では、棚卸しをしている店員が一人。駐車場には、話に夢中になっている男女。住宅街の方に視線を移すと、タクシーの支払いをしているサラリーマン風の男が見えた。自覚している以上にアルコールが回っているのか、双眼鏡をあちこちに向けて動かしていると、乗り物酔いのような感覚に襲われてしまう。

こうして眺めていると、いつもの平穏な街だ。安堵し、保奈美は双眼鏡から目を離した——その時だった。

保奈美の暮らす、マンションが何棟か立ち並ぶエリアから、ひとりの人物が歩き去っていく。しかしコンビニなどのある賑やかな方ではなく、田畑や河原の方へとだ。

——こんな時間に？

なぜだか胸が騒ぎ、もう一度双眼鏡を覗き込む。

男だった。ジャンパーを着て背中を丸め、ちらちらと周囲を気にするそぶりをしながら街灯の下を通り過ぎてゆく。保奈美は慌ててその男にピントを合わせた。背を向けているが、時折横顔が見える。ずいぶん若い男だ。もう少し振り返ってくれれば、顔がはっきり確認できるのに——。念じた矢先に男が振り向き、咄嗟に保奈美はしゃがんで身を隠した。

心臓がドキドキしている。馬鹿みたい。向こうから、こちらが特定できるはずないのに。けれどもレンズ越しに目が合ったような気すらした。

保奈美はそうっと立ち上がり、再びベランダから遠くを見た。男は手に大きなバッグを持っている。双眼鏡を通して、懸命に目を凝らした。酔いで痺れた頭を振りながら、男をじっくり確認する。男は暗がりでバッグから何かを取り出しているように見えた。

——まさか。

保奈美の体が、強張《こわば》る。

——あの男は、もしかして……。

がくがく震える膝を必死になだめて、転がるようにリビングルームに戻る。カウンターに設置してある固定電話の受話器を取り、保奈美は迷わず一一〇番に掛けた。

8

もう夜も八時を過ぎていた。

朝から一日かけて担当エリアの聞き込みをしたものの、坂口と谷崎は特に有益と思われる情報を得られなかった。特に夕飯の支度で忙しい時間帯にはあからさまに迷惑がられ、話を聞けないこともあった。そういう家には地図に印をつけ、日を改めて訪問する。聞き込み捜査に王道はなく、何度も粘り強く通うことでしか前に進めない。

「もう一軒だけ訪ねてから帰ろう」

坂口は新規の家のインターホンを押した。九時から捜査会議が始まる。そろそろ署に戻らなくてはならないが、ひとりでも多く、話を聞いておきたかった。ドアが開き、高齢の婦人が顔を出す。谷崎が警察手帳を見せて事件のことを聞くと、おずおずと口を開いた。

「実はね、わたしたち以前、由紀夫ちゃんのお宅の裏に住んでいたんです」

「それはいつのことでしょうか」

すかさず谷崎が聞く。

「一年半くらい前です。ここを建て替える間、半年だけ借りていた家が、ちょうど由紀夫ちゃんのおうちの裏で。それで、あのう」言いにくそうに言葉を切り、「由紀夫ちゃんが、しょっちゅう叩かれているのを見たんです」と声をひそめた。

「母親にですか？　それとも父親に？」

「父親です。それも、一度や二度じゃありません。あと、冬の寒い日にベランダに出されて、『開けて開けて』って泣いて——」

「おい、お前」

婦人の後ろに、やはり高齢の男性が立っていた。「夫です」と婦人が言った。

「よそ様の家庭のことを、告げ口みたいにするもんじゃないよ」

夫が妻をたしなめる。

「だって……」

「わしらの時代は、親から叩かれるのなんざ日常茶飯事《さはんじ》だよ。あれくらいの叩き方なら、大したことない」

「ということは、ご主人も叩かれているのをご覧になったということですか？」

谷崎が聞くと、夫はバツが悪そうな顔をした。

「……気の毒な被害者の家庭のことを、部外者がとやかく言う権利なんてないよ」

追い返されるようにして、坂口と谷崎は外へ出た。

「虐待……されてたんでしょうか」

藍出警察署へと戻る道すがら、谷崎が厳しい顔で呟いた。

「その可能性はあるな」坂口は頷く。「でも、引きずられるなよ」

「どういう意味ですか？」

「虐待はあったかもしれん。しかしその先入観に囚《とら》われると、どうしても両親が犯人に見えてしまいがちだ。真犯人を逃しかねないだろう」

「そうですが……」

「確かに、残念ながら虐待する親は存在する。そして実子を殺してしまう親もな。しかし、虐待が行き過ぎて死に至ってしまう場合がほとんどだ。最初から殺そうと明確に決意をして子供を──あんなに小さな子を──殺害することは、かなり稀《まれ》だ。まして性的暴行をし、性器を切り取ったりするのは、ちょっと考えにくい」

「でも……偽装かもしれないじゃないですか」

「偽装？」

「ですから父親が、何かのはずみで、または殺意を持って由紀夫ちゃんを殺してしまった。けれども真っ先に疑われるのは自分だから、慌てて暴行の形跡を残して性器を切り取って、猟奇的な変質者による犯行だと印象付けた……そうは考えられませんか」

「もちろん、この時点ではなんだって考えられるさ」

坂口は、飲料の自動販売機の前で立ち止まった。

「飲むか？　喉がカラカラだろ。声がかすれてる」

「ばれてました？　実は喉が痛いんです」

「君もかなり喋《しゃべ》ってくれたからな」

谷崎の話術は大したものだった。事件の日のことを聞きつつ、相手がその時間に何をしていたかをさりげなく探り出す。刑事の中には口下手な者もおり、それが聞き込み捜査の質を下げていると指摘する声もある。これぱかりは訓練でどうなるものでもないし、坂口も弁が立つとは言えない方だから、貴重な才能だと思う。

「じゃあホットのハニーゆずを」

坂口はハニーゆずのボタンを押し、ペットボトルを手渡した。自分には缶コーヒーを買う。谷崎はキャップを開け、ひと口飲むと、大きく息を吐いた。

「あー、やっと肩の強張りがほぐれました」

「お疲れ様。初日にしては、まずまずの働きだったな」

控えめに褒めたが、谷崎は「大先輩にそうおっしゃっていただけると、本当に嬉しいです」と満面の笑みを浮かべた。

「二課からの異動ってことで、もう一年になるのに『知能犯事件しか扱ったことないくせに』って舐められちゃうんですよね。それがずっと嫌で」

なるほど。豪傑に見えて、実はそんな些細《ささい》なことを気にしていたのか。意外に思いながら坂口もプルタブを開け、コーヒーをすった。

「二課は頭脳戦が主だろう。かしこい奴ばかりが集まってる。ただのやっかみだよ。気にするな」

「そうなんですかねえ」

「さっきの話に戻るが」再び歩き出し、坂口が言う。「虐待のことは、他のチームの聞き込みでもあがってくるかもしれない。そうすると捜査本部全体でも父親犯人説が有力になってくる可能性は大きい。そういう時こそ、流されないように気を付けた方がいいんだ」

「確かにそうですね。心得ました」

谷崎は大きく頷く。

「もうひとつ、アドバイスしてやろうか」

「ええ、どんなことでも有難いです」

「捜査会議で有力な情報や証拠があがってきたら、この世で一番嫌いな奴が見つけてきたと思え」

谷崎は「え?」と一瞬考えたのち、ああなるほど、と頷いた。

「鵜呑《うの》みにせず、疑ってかかれってことですね。はい、了解です!」

話し終わる頃に、ちょうど藍出署に到着していた。

捜査会議は、被害者が通っていた幼稚園の聞き込み捜査の報告から始まった。講堂前方で、二人組が立ち上がる。

「野うさぎ幼稚園は三歳から六歳までの園児七十五名が通う市立幼稚園です。園長及び幼稚園教諭、事務スタッフなど、合わせて十二名に話を聞きました。これまで園への不審者の侵入や近隣からの悪戯《いたずら》、苦情などはなかったそうです。また、本日保護者百十一名のうち四十一名とも連絡がつき、アリバイの確認にも協力してもらうことができました。彼らによると、子供同士、また保護者同士のトラブルは表立ってはなかったようです。ただ――」

そこで捜査員は一度言葉を切った。

「由紀夫ちゃんは少々乱暴な子だったようで、何人かの園児は殴られたり蹴られたりしたことがあったそうです。それ以外にも園のおもちゃを壊したり絵本を破ったりするなどの行動がたびたび見られたとのこと。教諭が叱ると、『パパと同じことをしているだけだ』と言ったそうです。教諭が母親に事情を聞こうとすると、母親は動揺し、泣き出したそうです」

坂口はちらりと谷崎を見た。谷崎は真剣な表情でメモを取っている。

「また教諭の一人が、以前由紀夫ちゃんの腕に痣を見つけたことがあります。二の腕にひとつできていて、どうしたのか尋ねたところ、由紀夫ちゃんは椅子にぶつけたと答えました。その痣が消える頃に今度は反対側の腕にまた痣ができており、その時も由紀夫ちゃんは椅子にぶつけたと言い張ったということです」

「通報はしなかったのか？」

係長の里田が聞く。

「虐待かどうか判断がつかなかったので、しばらく様子を見て、複数の痣が一度に見つかったら通報しよう、という結論に至ったそうでした」

「なるほど。他に情報は？」

「幼稚園からは、現在のところは以上です。今日話を聞けなかった保護者とも、明日以降引き続き会えることになっています。また、園関係者と保護者のアリバイも確認中です」

「了解。虐待の話が気になるな。由紀夫ちゃんの両親の担当者は誰だ？」

「わたしたちです」

別の二人組が立ち上がり、背の低い男の方が話し始めた。

「母親は大人しく、あまり近所付き合いをしていなかったようです。しかしインターネットを通じて見知らぬ他人とブログで交流したりすることはあったそうで、そちらにトラブルがなかったかを現在調査中です。ちなみに銀行や消費者金融、クレジットカード会社からの借り入れは一切ありませんでした」

もう一人が口を開く。

「父親の方ですが、江戸川区にある工務店に勤務して七年目になるということです。会社の上司、同僚などの話を総合すると、仕事ぶりは真面目で取引先からの信頼は厚く、恨まれるようなことは考えられないとの意見でした。また、今日の時点では愛人などの存在は明らかになっていません。しかし事件当日の父親のアリバイについて、外回りの営業に出ていたそうなんですが、一部の時間の裏付けが取れないのです」

講堂の中が、少しざわめいた。

「午後から杉並《すぎなみ》区の今田町《いまだちょう》に営業に出ていたということで、二時から一時間ほど顧客と打ち合わせした後、もう一つアポイントのあった近隣の顧客先を回り一時間ほど滞在しましたが、四時から六時頃まで、路上に停めた車の中で休憩していたらしいのです。本日、その顧客を当たってみたところ、やはり二時から四時までのアリバイはほぼ確認できましたが、それ以降はできませんでした」

谷崎がメモを取っていた手を止め、何かを言いたそうに坂口を見る。

「今田町から、藍出駅まではどれくらいだ？」

すでに調べていたのだろう、背の低い方の刑事が自信たっぷりに「車だと三十分、急行列車だと十五分です」と答える。里田は黙り込んだ。しかし考えていることはわかる。「今田町から藍出に戻ってきて由紀夫ちゃんをどこかに隠し、再び今田町に戻って営業を続けることは……充分可能ですよね」

後方の座席からも、そんな声が聞こえる。つまり、もしも今後、今田町で父親が営業を再開していたと裏付けが取れても、アリバイにはならないということだ。それに父親には、殺害時刻のアリバイもない。

「父親は今、どうしている？」

「会社を休んで、自宅にいます」

少しずつ筋書きができつつある、と坂口は感じた。四歳児が誰にも目撃されず、また騒がずにスーパーマーケットから姿を消すことは考えにくい。そして遺体には抵抗の跡がない。ごく近しい相手が疑われるのは当然のことだ。しかしそれなら、姿を消してから殺害されるまでの数時間、どこに拉致していたのか？　坂口と同じ疑問を持ったのか、誰かが質問した。

「父親は車両を持っていたのでしょうか」

「営業で車を使っていたようですが、自家用車は持っていません。また、両親の名義で借りられたレンタカーもありませんでした」

失踪してからは、捜索に出た両親の代わりに、母親の実母が家で待機していた。つまり家には確実にいなかったということになる。それではいったいどこに――。そこまで考えて、坂口は苦笑した。父親犯人説に引きずられるなと言ったのは、どこのどいつだ。

「矢口家の近隣を聞き込みしたのは？」

他の聞き込みチームが手を挙げた。

「実は、我々の方でも、虐待していたという話がいくつかあがってきました」

里田の目が鋭くなる。

「その中でも気になったのは、母親の方が事件の数週間前に、『いきいき子育てホットライン』に電話をしようとしていたという話です」

いきいき子育てホットラインは、藍出市の子育てに関する相談窓口だ。対面でも電話でもメールでも受け付ける。

「自宅近くにある、市の掲示板に貼ってあったホットラインのポスターをまじまじと見ているところを、近所で同じ年ごろの子どもを持つ母親に見られていたというのです。ふと目が合ったのであいさつをすると、冗談めかして『夫が時々不安定なのよね』と話していたそうです。ホットラインの担当者に数週間分の記録を調べてもらったところ、夫が精神的に不安定で子供に暴力をふるう、という匿名の相談が何件かありました。それが母親からの電話だったのかどうかを、現在確認しています」

講堂を、父親の関与を疑う空気が覆《おお》い始める。その空気の中で、サンズマートの聞き込みの報告に進んだ。スーパーの従業員は、店長を始め、全員が指紋とＤＮＡ採取に応じたこと、倉庫やバックヤードから採取した毛髪なども鑑定したが由紀夫ちゃんのものとは一致しなかったことなどが告げられた。

「遺棄現場周辺の情報はどうだ」

里田の言葉に、坂口と谷崎が立ち上がる。谷崎が、近隣からは特に有益な情報が出ていないこと、しかし保護者たちが始めたパトロールの中で、今後新しく情報が入ってくくる可能性があることを端的に告げた。そこまで報告すると、ちらりと坂口を見る。坂口は小さく頷いて、後を続けた。

「一年半前に、矢口家の裏手に住んでいたご夫婦から話が聞けました。父親が由紀夫ちゃんを叩いていた、また冬にベランダに出されていた、という証言がありました」

やっぱり、という顔で刑事たちが坂口を見る。里田が大きく息をついた。そのあと他の刑事たちから捜査状況の報告が続いた。

「DNA鑑定の結果が揃い次第、会議にあげてくれ。引き続き聞き込みを続けろ。粘って、もっと情報を集めてこい」

里田が活を入れ、捜査会議は終了した。

会議が終わっても、何人かの刑事は残っている。坂口も、谷崎が何か言いたそうなのを察して、席を立たないでいた。

「予想通りでしたね」

「ん？」

「父親犯人説が濃厚になりました」

「みんなだって、父親以外の可能性ももちろん考えているさ。ただ現在のところ、この線が濃厚だという話だ。一番太い線をたぐるのは当然だよ。今の俺たちにできることは、とにかくこつこつと捜査を続けることだ」

「坂口さんのアドバイス、とても役に立ちましたよ」

「ん？」

「虐待という事実に引きずられないようにすること。それから、有力と思われる情報や証拠は、世界で一番嫌いな奴からの報告だと思って聞くこと。わたし、自分の耳でご夫婦から虐待の証言を聞いたばかりなので、会議であれほど虐待の裏付けが出てくると、いつもならきっと目をぎらぎらさせて父親逮捕に向けて突っ走ってます。事前にアドバイスを頂いていたお陰で、ニュートラルな気持ちで報告を聞くことができました」

「そうか。それはよかった」

谷崎はメモ帳を開き、復習をするように目を走らせる。びっしりと几帳面《きちょうめん》な文字が並んでいた。

「両親が犯人でないとすると、次に怪しいのは、顔見知りである野うさぎ幼稚園の関係者や保護者。次が近所の人。そしてその次がスーパーの従業員ではないかと、個人的には思っています」

「なるほど、スーパーの従業員ね」

捜査においては、会う人物全てを疑ってかかれ、と言う刑事も少なくない。実際今日の報告によると、サンズマート内部もかなり調べたようだ。

「確かにスーパーの人間が絡んでいるのであれば、拉致はしやすいかもしれないな。ただ、誰にも見られずにとなると、ハードルが高いぞ」

「拉致をして、バックヤードに隠してたとか」

「拉致から殺害まで時間が開いている。何時間も大人しくバックヤードにいたのか？何人もの従業員が出入りするのに？」

「うーん、そうですね」

「しかし、もちろん可能性はゼロじゃない。だから毛髪などの採取をしたんだろう。スーパーが捜査に協力的だというのは大きなプラスだな」

「そうですね」

「ただ、父親が犯人じゃないと頑なになることも良くないぞ。虐待に関する証言や、父親のアリバイが成立していないことも事実なんだからな。しかし父親が犯人であった場合、皮肉だがひとつ良いことがある。変質者は存在しない、つまり連続で事件が起こることはない」

「だけど……父親が変質者でもある可能性もありますよね」

間髪を容れずに放たれた言葉に、思わず坂口は谷崎を見る。

「あ、すみません、坂口さんの言葉を元の夫の意見として聞いていたら、つい否定の言葉が口をついて出ました」

「元の夫？　君の？　というか、どうしてここで君の元夫が出てくるんだ」

「だから、世界で一番嫌いな人ってことです」

思わず坂口は噴き出した。なるほど、それはさぞかし効果的だったことだろう。しかしひとしきり笑った後、坂口の心は急速に冷えていった。谷崎の言うことには一理ある。虐待の延長線上ではなく、父親が、自身の歪んだ性的欲望を満たすために殺害したのだとしたら。――それなら、連続して幼児が狙われる危険性はある。

その時、講堂のドアが開き、所轄の刑事が入ってきた。

「先ほど、不審者発見の通報があったそうです。場所は由紀夫ちゃん遺体発見現場から徒歩三十分ほど。生活安全課が急行しました」

居残っていた刑事が、一斉に顔を見合わせる。講堂の空気が一瞬で張りつめた。

9

藍出第一高校の理科室では、楽しげに雑談が差し挟まれる中、生物の実験が始まろうとしていた。黒板には「自分のＤＮＡ細胞を取り出してみよう」とチョークで書かれている。

四十人のクラスで、五名の班が八つ。それぞれが実験テーブルを囲んでいる。真琴は班長として、実験テーブルに用意された器具や試薬などの材料が揃っているかを、黒板のリストと見比べながら確認していく。透明のプラスチックカップが人数分。食塩水。エタノール。プロテアーゼ。細胞溶解用バッファー。保冷剤。それから発泡スチロールの容器で保温された湯。

「よし、揃ってるな。じゃあみんな、各自のカップに名前書いたら、食塩水を入れて」

四名の班員——桃子、麻美、知彦《ともひこ》、弘樹《ひろき》が真琴の指示に従う。

「歯で、ほっぺたの内側をガシガシ噛む。ちょっと強めに、細胞がはがれやすくなるようにね。いい？　じゃあ食塩水を口に含んでぶくぶくして。はい、カップに吐き出して」

真琴も食塩水を口に含み、カップに吐き出す。何の変哲もない、透明の液体。しかし、この中に真琴のＤＮＡが確かに存在しているのだ。

「カップに細胞溶解用バッファーとプロテアーゼを二滴ずつ入れて。そうそう、そんな感じ。で、軽く振って混ぜ合わせる」

「ねえ、この液体って何なの？　どういうことをするの？」

麻美が言うと、

「バッファーで、ＤＮＡを包んでる細胞膜や核膜を壊す。プロテアーゼで、ＤＮＡに結びついているタンパク質を処理する。さっき先生が言ってたじゃん」

弘樹が得意げに答える。

「そんなのわたしだって聞いてたわよ。そうじゃなくて、細胞溶解用バッファーとかプロテアーゼとか、それ自体が何なのかってこと」

「え？　そんなこと聞かれても……」

途端に弘樹が口ごもる。

「細胞溶解用バッファーは界面活性剤、プロテアーゼはタンパク質分解酵素だよ」

真琴が助け船を出す。

「え、そうなの」

班員が、一斉に真琴を見る。

「そう。だからバッファーの代わりに台所用洗剤、プロテアーゼの代わりにコンタクトレンズ用の酵素液でもいい」

「あーなるほど。さっすが真琴」

「先生の授業よりわかりやすーい」

「みんな混ぜた？　じゃあカップを湯の中に入れまーす」

真琴は班員の手からカップを受け取り、湯を張った発泡スチロールの容器に手際よく並べていった。

「冷めないように蓋《ふた》をして、待つこと十分。桃子、ストップウォッチ役は任せた。十分経ったら教えてくれる?」

「班長、りょうかーい」

指名を受けて、桃子が嬉しそうに返事した。

「あー、進路相談会、もう来週じゃん」

待ち時間になった途端、知彦がため息をついた。二年生の秋。国公立大学か私立大学を選択し、志望校を絞っていく時期だ。

「ほんとだ。みんなもう、進路希望カード出したの? 金曜まででしょ」

桃子が聞くと、麻美と弘樹が首を振る。

「真琴は?」

「いや、まだ。ちょっと迷ってる」

「国公立狙えばいいのに」

「古典が苦手だからなぁ。かといって私大に絞っちゃうのもリスキーな気がするしさ」

「そろそろ勉強に本気出さないといけないってわかってんだけど、なかなか集中できないんだよねえ」

ごく普通の日常。ごく健全な会話。地に足の着いた自分を実感できる、真琴にとっては大切な時間だ。進路に悩む一般の高校生——それが本来あるべき真琴の姿なのだ。

「あたしもー。夜になると集中できるかなって思うんだけど、だらだらラインしちゃったりさあ」

「わかるわかる」

「あ、そういえば昨日の夜中、うちの近所にパトカー来たんだけど」

真琴はどきりとした。そのことは真琴も知っていた。がやがやとした騒がしさで、目が覚めたのだ。マンションに住んでいると、意外と遠くの音が響いて聞こえる。自室の窓から覗いてみると、少し先に赤いランプが回っているのと、人が数名集まっているのが見えた。

心臓の鼓動が速くなった。何か手がかりを残してしまったのだろうか。たった二日で捜査の手が到達してしまったのか。真琴の処理は完璧だったはずだ。それなのになぜ
——

しかし誰も真琴の部屋に来る気配はない。しばらくするとパトカーは去り、野次馬も散っていった。朝、テレビをつけても、特にそれらしいニュースは流れていない。朝食を用意する母親に、「夜中、なんかあったのかなあ」とさりげなく聞いてみた。

「え、何が?」

慌ただしくフライパンを動かしていた母は、一瞬手を止めて真琴を見た。

「パトカー来てたでしょ」

「やだ、このマンションに?」

「ううん、ちょっと先の方」

「そうなの？　全然知らなかった」

のんびりとした母の返答にホッとしつつ登校したものの、ずっと気になっていたのだった。

「ふうん、パトカー？　結局なんだったの？」

真琴が聞きたいことを、麻美が聞いてくれた。

「なんかねー、不審者がいるっていう通報だったみたい」

「不審者？」

「うん、怪しい男がうろついてるって。で、警察が来て、その男に職質してたらしい。でも凶器も何も持ってないし、ただ散歩してただけってことで終わったみたいよ」

「なーんだ、じゃあ通報者の勘違いってこと？」

「そうなんじゃない？　あの事件があったから、みんなピリピリしてんのよ」

なるほどそういうことだったのか、と真琴は安堵した。

「あ、十分経ったんじゃない？」

ふと真琴が気付いて指摘すると、

「あ、ごめーん、ぼーっとしてた」

桃子が素《す》っ頓狂《とんきょう》な声をあげ、あたふたと蓋を開けた。

「えっと……ここからどうしたらいいんだっけ」

「カップ、全部出しちゃって」

すかさず真琴が指示を出す。

「はーい」

桃子が温まったカップを取り出す。

「それから？」

プリントは全員に配られているのだから、各自で読んで進めればいいのに、なぜだかみんなが真琴を頼る。昔から、いつの間にか、指示を出す側になってしまうのだ。二年生になって最初の生物の授業で班が決まった時、迷わず真琴を班長に指名した桃子は、「だって真琴って、しっかりしてるんだもん」と言った。麻美、知彦、弘樹たちも「大賛成」と手を叩き、それからはすっかり頼られている。

真琴自身はしっかりしているなどと自分で思ってはいない。しかし一人っ子だったからか、つい何でも自分でやる癖がついてしまっているのと、人がもたもたしていると、つい手を出したくなる性格が災いして、いつの間にかクラス全体でもリーダー的な存在になっているのだった。

「そこに保冷剤置いてあるから、その上にカップを置いて冷まして」

「はあい」

「冷えたら、エタノールをカップの壁に伝わせてそうっと入れる」

エタノールが注がれたカップをゆっくりと揺らすと、実験テーブルの黒い表面を背景に、カップの中に白っぽい糸くずのようなものが浮かび上がってくるのが見えた。これが真琴のDNA。こんな小さなものに自分は心を砕いているのかと思うと、不思議だった。

「知彦、あんまり揺らしすぎんな。DNAが切れちゃうだろ」

カップを大きく振っていた知彦を注意する。

「あ、マジ?」

知彦が慌てて揺らすのをやめる。

「へえ、DNAって切れんの?」

麻美が驚く。

「あー、だからプリントに『静かに揺らすこと』って書いてあんのかぁ。だったら先生も、『DNAを切らないためです』って書き添えてくれたらわかりやすいのに」

弘樹は文句を言いながら、シャーペンでプリントに加筆する。

「でも真琴、そんなことよく知ってるよね」

桃子が感心したように、真琴を見つめる。

そう。DNAはもろい。そして消すこともできる。海外では実際にDNAを消すための薬品が市販されている。しかしそんな薬品をわざわざ輸入すれば足がつくから、身近なもので代用できないか調べてみた。すると、家庭にあるごく普通のものが、真琴の求めているものにぴったりであることがわかった——酸素系漂白剤だ。酸素系漂白剤はDNAを破壊する上にヘモグロビンも除去できる。つまり、ルミノール反応も出なくすることができるのだ。

ちなみに、塩素系漂白剤は見た目にはきれいに拭き取ることができるが、ルミノールには反応してしまう。だから真琴は酸素系の漂白剤で、由紀夫の全身と遺体損壊現場である自宅の風呂場を念入りに拭いた。あの日は由紀夫を自宅に連れて来てからしばらくゲームで遊ばせ、母が帰宅する前に殺害した。父は泊りがけの出張だった。遺体を部屋に置いたまま普通に食卓についたが、箸を動かしながらも、遺体を処理する手順ばかり考えていた。

「じゃあ取り出すよ」

真琴はピペットをカップにゆっくりと挿し入れ、エタノール溶液の中にたゆたう白いもやもやを吸い出す。ゆっくり引き抜くと、糸のようなものが入っているのが確認できた。

「おー、これがDNAかあ」

「すげー」

「肉眼で見えるなんてねー」

班員が口々に言う中、真琴はエタノールを満たしたガラスの小瓶に、自分のＤＮＡをそうっと移す。

「はい。じゃあみんなも、このガラス瓶に取り出して。何度も言うけど、そーっとな」

「はーい」

班員が作業を続ける間、真琴はまじまじと小瓶を覗き込んでいた。こんな細やかなものに、遺伝子情報が組み込まれている。こんなものが、自分を設計している。この中には、あらかじめ書かれていたのだろうか。自分が、人を殺すような衝動を持つ人間だと。

「真琴、この実験やったことあんの？」

作業の終わった桃子が、話しかけてくる。

「あるわけないじゃん。なんで？」

「だって、手際いいもん。先生の説明を一度聞いただけで、よくできるなって」

「普通に聞いてりゃできるだろ」

「何それ、厭味か？」知彦が笑う。

「他の班を見てみなよ。まだみんなＤＮＡの抽出作業で手こずってるよ。失敗して最初からやり直してる班もある」

麻美に促され、真琴はぐるりと理科室を見回してみる。この班以外は、みんなまだあたふたと実験テーブルの周りで動き回っていた。

「うちは班長が優秀だからさ」

弘樹が言い、「だよねー」と桃子、麻美、知彦が頷いた。

頭の中で物事をクリアに順序立てることが、真琴は得意だ。だから由紀夫のこともうまくいったのだと思う。早朝に連れ去った場合、雨だった場合など色んなパターンを想定し、細部に至るまで何度もシミュレーションした。だから本番の時、緊張しながらも落ち着いて行動できたのだと思う。

そしてここ数日は、「さんぽんぎさとし」を連れ去り、殺害し、遺棄するまでの一部始終を、頭の中で綿密かつ克明に思い描いている——

「ねえねえ、真琴」

桃子が耳元で囁《ささや》く。

「ん？」

「国公立コースか私大コースか決めたら……教えてくれない？」

「なんで」

「あたしも、同じコースにしたいから。三年生になっても、真琴と一緒のクラスがいいもん」

桃子の指が、真琴のカッターシャツの袖口をそっとつまむ。

「わかった。コースを決めたら、桃子に真っ先に知らせるよ」

真琴が微笑むと、桃子は嬉しそうに口元をほころばせた。


放課後は部活だった。本当は昨日のように、さんぼんぎさとしの様子を探りに行きたかったが仕方ない。大会前に部活を休むなど、不自然な行動はしないに限る。昨日は公園でさんぼんぎさとしにいじめられている女の子を助けてやり、それをきっかけにさんぼんぎさとしに話しかけることができた。焦らず、少しずつ距離を縮めていく方がいい。

剣道着に着替えて剣道場へ行くと、まだ綿貫しか来ていなかった。素振りをしている綿貫の隣で、真琴は準備体操を始める。

「綿貫は進路希望カード書いた?」

「今日はその話題ばっかだったな」綿貫は笑い、「書いたよ。もう出した」とあっさりと答えた。

「マジ。何コース」

「国公立。私学は無理だって親に泣きつかれて。あと、仕送りもできないから自宅から通える大学ってのも必須条件」

準備体操を終え、真琴も素振りに参加した。ちらほらと下級生も集まり、それぞれが体を動かし始める。

「そっか。学部は？」

「医学部」

「え、すげ。医者志望？」

「医者になる金なんてねーよ。真琴くらい成績良かったら考えるけどさ。俺は看護学科狙い」

「看護ぉ？」驚きかけて、真琴はふと思い至る。「そっか、綿貫んち……」

「そう、うちは両親とも看護師だから」

「なるほど。でも綿貫がねえ」

「男の看護師はニーズがあるんだぜ。全国どこでも働けるし、一生もんの国家資格ってのもいいわな。でも最終的には、保健師がいいなって思ってる」

「保健師って、市役所とかにいる人だっけ。看護師と何の関係があんの」

「保健師になるには、看護師の資格があることがまず必須なの」

「え、そうなの？　てか、悪い、そもそも保健師って何する人？」

綿貫は苦笑する。

「行政保健師とか産業保健師とか色々あるけど、ざっくり言えば、地域や企業で保健指導をする人。で、俺の希望は行政の方ね」

「ふうん。で、なんでそれになりたいの」

「まず看護師は食いっぱぐれないだろ。これから高齢化社会だし、ますます引く手あまただ。でもさ、無知の真琴ちゃんは知らないかもしれないけど、看護師って夜勤がつきものなんだよ」

「それくらい知ってるっつーの」

「でも保健師だと、夜勤はないわけね。それに行政保健師だったら公務員だからさらに安定してるだろ。そしたら剣道もずっと続けられるから」

さらりと言う綿貫を、真琴はまじまじと見つめた。

「綿貫って、なんか……えらいな」

「やめろよ。あー、なんか恥ずかし」

「いや、マジで。ちょっと、感激した」

「だいたい揃ったかな。おーし、掛かり稽古始めるぞ！」

照れ臭さを隠すように綿貫が声を張り上げ、稽古が始まった。


部活の後、家へと向かうバスの中で、真琴はスマートフォンで看護師や保健師のことを調べてみた。綿貫の言っていた通り、かなり堅実な人生を送ることができそうだ。同じ十七歳の高校生がしっかりと将来を見据えて人生設計を立てていることに、真琴は感心していた。就職難の時代だ。一流大学を出たところで、安定した職につける保証はない。

医学部を狙えと、以前担任に言われたことがある。けれども真琴は、命を左右する仕事につくのが恐ろしい気がした。芽生え始めた自分の衝動が、いったいどこへ行くのかわからないからだ。けれども命のそばにいる仕事というのは興味がある。それに、大学に通うだけでも家計には負担だ。せめて卒業後はすぐ安定した職業を得て家から独立し、両親を安心させたいという気持ちが大きかった。

真琴は看護学科のある大学を調べ、早速資料の請求をする。自分の進路として、真剣に考えてみるつもりだった。

スマートフォンをポケットに仕舞いながら窓の外を見ると、ちょうどさんぽんぎさとしの住んでいる地域を通り過ぎるところだった。

由紀夫を殺す前は、由紀夫さえ殺せば、この胸に渦巻くざわざわしたものは治まるのだと思っていた。由紀夫が息絶えた時、そして性器を切り取った時に全身に沁みわたったあの安らかな気持ちが、永遠に続くのだと思っていた。しかしそれはすぐにしぼみ、今は再び、さんぽんぎさとしに対して暗い衝動を抱えている。そしてそれは、ますます深く、大きくなっていく。

殺さないと。

真琴は、さんぽんぎさとしが暮らす団地を遠くに見据えながら思う。

あいつを、早く、殺さないと——

ふと見ると、隣に立つサラリーマンらしき男が新聞を読んでいた。由紀夫の事件に関して何か書いていないか、真琴は視線を紙面に素早く走らせる。自分では新聞や雑誌を買ったり、ネットで下手に検索しないようにしていた。

藍出市幼児殺害事件、という太字の見出しが目に入る。記事を読み進めていくうちに、真琴は凍りついた。

『遺棄されていた遺体には性的暴行を加えられた疑いがあることが、捜査関係者への取材で分かった』

これまでも、ネットなどから下世話な噂が流れていることは知っていた。しかしそれは、幼児を対象とした猟奇的事件にありがちな憶測に過ぎないはずだった。なぜなら、真琴は性的暴行を加えなかったから。その事実を、誰よりも知っているから。

しかし新聞社の記事として掲載されている。

冷や汗が背を伝う。誰かに、素手で心臓を掴まれた心地だった。

もしもこの情報が真実だとしたら……真琴が死体を置いた後に、誰かが屍姦《しかん》したことになる。

誰が、あの死体を穢《けが》した？

いつの間に？

いや、それよりも——真琴があそこに由紀夫を置いたことを、見られていたのだろうか……。

吊り革を持つ手が震える。窓ガラスに映る、血の気を失った自分の顔と睨み合いながら、真琴はバスに揺られていた。

10

「——どういうことですか？」

保奈美は思わず声を荒らげていた。電話の向こうでは相手が何やら説明をしているが、耳に入ってこない。スマートフォンに押し付けられたこめかみが、どくどくと脈打っているのが感じられる。

保奈美が真夜中に不審者を見つけて通報してから、すでに三日が経っていた。あの夜、一一〇番に電話をかけ、悪戯だと思われないように名前を名乗り、震える声を何とか絞り出して的確な場所を伝えた。電話を切るとまたベランダに飛び出て、男がいる深い闇を凝視し続けた。早く、早く警察が来てくれるようにと祈りながら。

パトカーがやって来たのは、数分後だった。ヘッドライトで引き裂かれた暗闇の中に、ジャンパーを着た男の姿が浮かび上がる。

良かった。逃げていなかった——

ベランダの手摺りから身を乗り出し、双眼鏡を食い入るように覗き込みながら、保奈美は二人組の警察官が男に近づいていくのをじっと見守っていた。

これで終わった。もう大丈夫。もう安全だ——

強張った保奈美の体から緊張が抜け、今度は安堵で満たされる。保奈美は再びリビングルームに戻り、窓の鍵を締めた。

歌い出したいほど、心が高揚していた。やっと正しいことをしたのだ、と誇らしい気持ちだった。

ひと口だけブランデーを含み、ベッドにもぐり込んだ。何日かぶりに、穏やかな眠りが訪れた。

次の朝、家族のいなくなった家で、ドキドキしながらテレビをつけた。ザッピングしてニュース番組を探す。しかし、どのチャンネルでもあの男が捕まったという情報は流れていない。

所詮、郊外の事件だから続報は流れないのだろうかと首を傾げながら、仕事部屋へ行く。ノートパソコンを立ち上げ、期待を込めて検索をかけるが、やはり由紀夫ちゃん殺害事件の続報は見当たらなかった。

——どうして？

保奈美はデスクに肘をつき、頭を抱えた。うきうきと膨らんだ気持ちが、急にしぼむ。

しかし、はたと思いついた。そうだ。今取り調べの真っ最中なんだ。ドラマなどでよく見る灰色の取調室で、あの男は敏腕で強面《こわもて》の刑事たちにこってりと絞られているのだ。少しずつ引き出した情報を元に、警察は着々と証拠を固める。だからまだ発表できないだけ。きっとそうだ。そうに違いない——

そう自分に言い聞かせることで再び保奈美は平静さを取り戻し、その日をやり過ごした。

次の日は朝早くからテレビをつけっぱなしにし、またインターネットのニュースサイトを、数分おきにリロードした。しかし、やはりその日も、何の情報も入らなかった。

それでも、とにかくあの男は警察におり、この街をうろついてはいないのだから——

そう思うと安心できた。

さらにもう一日過ぎたところで、さすがにおかしいと思い始めた。何らかの情報は、出るべき頃ではないのか？

薫の失踪騒動で世話になった警察官に、問い合わせようと決めた。薫が見つかったと電話をすると、わざわざ安否確認のために訪ねて来てくれたあの人なら、逮捕された男が今どうなっているか、教えてくれるに違いない。

呼び出し音に続いて、はきはきと名乗る声が聞こえてくる。

「あ、あの、わたし、先日お世話になりました……」

保奈美が説明すると、先方はすぐに思い出してくれたようだった。

「ああ、薫ちゃんの」

「実は、今日は別件でお電話させていただいて――」

保奈美は、四日前の深夜に不審者を見かけて通報したこと、警察車両が来て男に接触したところまで見届けたことを話した。

「それで、その後、どうなっているのか気になって。ずっとニュースを見てるんですけど、何も出てこないし」

「大変申し訳ないのですが、そういう情報については一切お答えできないことになっておりまして」

困ったような声色になった。

「だけど、わたしは通報者だし、知る権利があるのではないでしょうか」

「そうおっしゃられましても――」

「それに、ご存知の通り、小さい子がいるので、心が休まらないんです。とにかく、捕まった男がどうなったかだけ、せめて――」

保奈美が食い下がると、小さなため息が聞こえた。

「お答えできることは、ないんです」

「そこを何とか。お願いします。ご迷惑はおかけしませんから」

見えるはずがないとわかっていながら、保奈美は何度も頭を下げずにいられなかった。

「どんな小さな情報でも構わないんです。どうか、お願いします」

「ですから――お答えできることは、本当に何もないんです」

「何もないだなんて、そんなはず……」

言いかけて、保奈美は口をつぐんだ。頭の中が素早く動き、ひとつの答えに行きつく。

「あの……それは、情報がない、という意味でしょうか」

先方は沈黙している。

「もしかしてあの男は……捕まらなかったんですか?」

「申し上げられません」

「どうして? ちゃんと調べたんですか? あんな時間に、真っ暗なところをうろついてたんですよ? しかも、そう、大きな袋みたいなものを持ってたわ――被害者の持ち物とか、凶器とか、隠してたんじゃないの?」

「あの……」

「わたしにはわかるんです。あの男が犯人です。間違いありません。早く捕まえてくれないと、また新たな犠牲者が出てしまいます。お願いです、捕まえてください」

「これ以上、この件に関しましてはお話しできません。申し訳ございません」

丁寧な詫びの言葉を最後に、電話は切れた。呆然として不通になったスマートフォンを耳から外す。

あの男は捕まらなかった――?

保奈美はふらふらとソファに頽《くずお》れる。

「あの男、絶対に悪い奴なのに……」

ぶつぶつと独り言ち、親指の爪を嚙む。変な形に爪が割れた。それでもつい齧《かじ》り続けていると、指先に鋭い痛みが走った。爪がはがれかけて血がにじんでいる。やっと正気に返り、保奈美は息をついた。

――警察は、頼れない。

冷静な頭で、そう考えた。

インターホンが鳴った。

よろよろとソファから立ち上がり、液晶モニターを確認する。ごま塩頭の中年と、若い女性が映っていた。

二人は一階の共同玄関にではなく、家の玄関の前にいる。ここは共同玄関を入るにもエレベーターに乗るにも認証が必要なハイセキュリティのマンションだ。それでも時折セールスマンなどが紛れ込んでは、こうして部屋を訪ねてくる。

保奈美は居留守を決め込むべく、壁から離れようとした。が、二人が動き、警察手帳をレンズの前に差し出した。保奈美は玄関へ向かって駆け出す。

男の方は坂口、女の方は谷崎という名だった。

「矢口由紀夫ちゃんという四歳の男の子が殺害された事件について、聞き込み捜査を行っております。先週の土曜日、また日曜日に不審な人物や車両など、お見かけになりませんでしたか？」

坂口という刑事が先に口を開いた。

「その日じゃないのだけど」保奈美は思わず一歩踏み出す。「わたし、不審者を見たんです！　通報もしました」

「それはいつのことでしょうか」

谷崎がメモを取る用意をする。保奈美は、努めて冷静に一連の出来事を語った。

「それなのに、どうやら男は警察に連れて行かれなかったみたいなんです。パトカーが来て、警察官が男と話してましたけど、そのまま帰っちゃって。わたし、一部始終をベランダから見てました」

交番の警察官の様子から推理したことを、さも自分の目で見たかのように話した。

「あの時連れて行かなかったっていうことは……全く容疑から外れているっていうことでしょうか？　そんなにすぐに判断できるものなんでしょうか」

「そうですねえ、そちらの件に関しては何とも。我々の担当ではありませんでして」

坂口はにこやかだが、隙なく答える。

「なぜその男を犯人だとお思いになるんですか？　確かに深夜に、大きな荷物を持って何もないところを歩いていた、というのは怪しいですが、確信なさる理由は何でしょう」

谷崎が聞いた。もっともな質問だった。なんと答えればわかってもらえるのだろうか。

「母親の——勘です」

そうとしか言いようがなかった。

「なるほど。母親としての勘、ですか」

馬鹿にする様子もなく、谷崎は真剣な面持ちで繰り返した。

「あの、あなた、お子さんいらっしゃる？」

保奈美はつい聞いていた。谷崎は不意を突かれた顔をしたが、すぐに「いいえ」と首を振った。

「じゃあ神経質な母親って思ってるかもしれないけど、子供って本当に大切なものなの。生まれる前は、文字通り一心同体。生まれて二人別々の体になってからでも、へその緒で繋がっている感じがするの。離れていても、常に子供の存在をそばで感じている。ずっとアンテナが子供に向かっているの。母親って、すごい存在なのよ。だから、母親の勘って、一概に馬鹿にできないと思うの」

「お話は、よくわかります」

谷崎は頷いた。

「わたくしには子供こそおりませんが、母に大事に愛されて育ちました。母親からの愛は、無私で無償のものという気がします。父親とは、微妙に違いますね」

「そう、そうなのよ」

保奈美は、思わず谷崎に微笑みかけていた。「わかってくれて嬉しいわ。だから、どうしてあの男が逮捕されないのか知りたいのよ」

「その男についてというわけではありませんが、一般的に考えれば、不審者ではなかったということでしょう」

「そんな……」

さらに食い下がろうとして、保奈美は考え直した。これ以上、どうせ何を言っても無駄だ。

「そう……。わかりました」

「お子様を守りたいというお気持ちは、充分に理解しております。まして、真夜中に不審な男を見て、さぞかし怖い思いをされたことでしょう。そんな中、勇気を出して通報していただき、改めて感謝いたします」

坂口が優しげに言う。締めくくって引き上げるつもりだ、と保奈美は察した。

「我々は今後も気を引き締めて捜査に当たってまいります。また何かお気付きの際には、お知らせください」

「どちらに連絡すればいいの？」

すかさず保奈美は聞いた。交番ではダメだ。こうして実際に事件の捜査をしている刑事からなら、もっと情報を聞き出せるかもしれない。しかも自分は聞き込みにも応対したのだ。今後問い合わせても、むげに扱われることはないだろう。

坂口に促されて、谷崎は名刺入れから一枚取り出した。

「こちらの番号におかけください。ただ、もちろん緊急の場合は一一〇番に」

名刺を見ると、市外局番から始まる番号だった。

「これじゃなくて、あなたに繋がる番号を教えてください」

保奈美はきっぱりと要求した。

「当然、携帯を持って捜査に当たっていらっしゃるんでしょう？　その番号です」

谷崎は、ちらりと坂口を見た。坂口が頷く。谷崎は、さらさらと名刺の裏に携帯電話の番号を書いた。

「それでは、こちらに」

保奈美は受け取ると、

「必ずまたご連絡しますからね。くれぐれもお願いしますよ」

と念を押した。

刑事たちが帰った後、保奈美は夕食の下ごしらえをして、保育園まで薫を迎えに行った。

「今日、あんまりお昼寝しなかったんです」

保育士の田畑が言った。

「だから夜、早めに寝かせてあげてください」

「わかりました」

田畑の背後に、数人の園児が走り回っている。事件後数日は、女児は全員ズボンを穿いていたのに、いつの間にか何人かはまたスカートに戻っていた。タイツを穿いてはいるものの、しゃがんだり転んだりすればお尻の形は浮き出る。もう油断している保護者もいるのか、と保奈美は驚いた。

帰宅してご飯を食べさせ、風呂に入れると、薫はリビングと続きになった和室で絵本を読みながら、うとうとし始めた。抱っこしてベッドに運べば、起きてしまうかもしれない。布団を敷いて寝かしつけたところで、ちょうど靖彦が帰ってきた。

「え、もうねんね？」

唇の前に人差し指を立てた保奈美に、靖彦が小声で驚く。保奈美は無言で頷きながら、リビングと和室を仕切る襖《ふすま》を閉めた。

「せっかく定時で上がれたから、遊んでやろうと思ったのに」

「子供だって、あなたの都合に合わせてられないわよ」

靖彦の夕食を食卓に並べると、保奈美は「ねえ、それより聞いてくれる?」と、通報後の一連の出来事を語った。最初は同情的だった靖彦も、聞いていくうちに冷めた反応になっていく。

「警察が違うって言うんだったら、違うんでしょ」

コロッケをかじりながら言う。

「でも……」

「あのさ、プロに任せるのが確実だから」

「あなたは心配じゃないの?」

「心配に決まってるだろ」

「だったら、もっと自分たちでもできることをと思わない?」

「できることなんて、何もないじゃないか」

互いに、つい声が大きくなる。襖の向こうから、ごそごそと動く音が聞こえた。食事を続ける靖彦を残して、保奈美は和室へ行った。布団の中で、薫が目をこすっている。今起きてしまえば、次は真夜中まで寝ないだろう。保奈美は慌てて、薫に添い寝した。

我が子が関わることなのに、靖彦が警察任せなのが腹立たしい。保奈美は少しいらつきながら、布団の上から薫の胸元を軽く叩く。

うつらうつらとしながら、薫が保奈美の手の動きを追っている。

「あれ……お手々どうしたの」

薫が小さな手で、保奈美の手を握る。噛んだ親指の爪先に、血豆のようなものができていた。

「ああ、これね。お怪我しちゃったの」

「おけが？　いたいの？」

悲しみのこもった瞳で、薫は保奈美を見上げると、

「かおるが、ちゅーしてあげる」

と両手で保奈美の指を包み込み、可愛らしい唇を寄せた。

「わあ、治った。ありがとう」

幼いながらの優しさに感動し、髪を撫でてやる。薫は少し微笑むと、再びふうっと眠りに落ちていった。

平和で無防備な寝顔。守られていることを本能で知っている。この子は、幸せになるために生まれてきたのだ——

この子との平穏な生活を、少しも曇らせたくない。

保奈美は薫の髪を撫でながら、娘を授かるまでを振り返っていた。

まずは、通っている片方の卵管の可能性にかけて、タイミング法——排卵の時期を推測し、性交を行う——から始めることにした。とにかく卵子が育ち、排卵しないことには治療は始まらない。まず卵子を育てるホルモン剤が処方されたが、全く育たなかった。

医師は困ったように言った。

「うーん、かなり反応が悪いね。注射も足してみましょう」

注射を足すとやっと一つの卵胞が、しかも卵管の通っている左の卵巣に育ったので、医師に指示された日の夜に靖彦と性交した。しかし、この方法を何周期か試してみたものの、なかなか妊娠に至らない。

「次は人工授精を試しましょうか。人工授精っていうと構えるかもしれないけど、痛みもないし、費用も数万円で済みますよ」

培養液で洗浄、濃縮した精子をカテーテルで吸い込んで、子宮腔内に直接注入するだけということだ。安心したものの、逆に、それほど単純な処置なら、タイミング法とさほど変わらないのではと不安になった。

「いやいや、全然違うよ。そもそも、自然妊娠やタイミング法だと子宮腔内に辿りつける精子の数はとても少ないんだから」

「え……」

一度の射精で放出される精子数は数千から一億程度。子宮内へ入るまでに数はかなり絞られて、さらに卵管膨大部に辿りつけるのはほんのわずか。そして受精に至るのは、たった一つということになる。

「そんなに何段階も経て淘汰《とうた》されるなんて」

すでに奇跡的といえるレベルだ。そこから無事に受精卵の分割が起こり着床し、胎児となって生まれてくるまでには、気の遠くなるような奇跡が連続することになる。自分自身、そして目の前にいる医師も、こうして存在していること自体が神秘なのだと、保奈美はつくづく思った。

「とはいっても、人工授精は、子宮腔内に精子を数多く送るという段階を手助けするにすぎません。数回試してみて結果が出なければ、卵巣の手術を考えてみるべきでしょう」

手術は怖かったので保奈美は人工授精で授かれることを願った。卵子を育てる方法はこれまでと同じ飲み薬と注射だったが、その周期は反応が良く、卵胞がいくつか大きくなってくれた。このまま人工授精をすると多胎のリスクがあると説明を受けたが、なかなか卵胞が育たない保奈美はチャンスを無駄にしたくなかった。

初めての人工授精を済ませることができ、それだけで保奈美は感激していた。お腹をかばいながら通勤し、真夏でも靴下を穿いて冷やさないように気をつけた。しかし日が経つにつれ、お腹が張って苦しくなってくる。吐き気も襲ってきたが、妊娠してつわりが始まったのかもしれないと喜んで耐えていた。だがそのうちに歩くのも辛いほど苦しくなったので、会社を早退して不妊クリニックを受診すると、即入院の指示を受けた。

「危険な状態になりかけています。卵巣が腫れて腹水が溜まり、血液の水分が減少して濃縮しています。これ以上重症化すると血栓ができ、脳梗塞や腎不全などを引き起こすこともあります」

卵巣がホルモン剤に過剰反応したために腫れ、それに伴って症状が現れる「卵巣過剰刺激症候群」だということだった。それまでと同じ薬を同じ分量使っていても、稀になってしまうことがあるという。

胸水も溜まりかけており、このままだと呼吸不全に陥る可能性もあると言われ、帰宅も許されぬまま、すぐ点滴に繋がれて入院した。

「赤ちゃんを授かる治療なのに、なんで緊急入院になんの」

入院の荷物を持ってきた靖彦は最初心配そうな顔をしていたが、保奈美の顔を見て安心したのか、素直な疑問を口にした。保奈美は「卵巣過剰刺激症候群」について説明したが、靖彦はふんふんと頷いた後、

「じゃあ今回の入院で治療したら、妊娠できるってことだね？」

と的外れなことを言った。ピンと来ていないようだった。

「違うよ。命に係わる状態だから、入院してるの。この入院自体は、治療じゃないの」

そう言うと、靖彦は改めて驚いていた。無理もない。保奈美にだって、どうして自分がこんな目にあっているのか理解できなかった。

妊娠していればさらに重症化すると言われたが、幸か不幸か成立せず、結局一週間後に退院した。病気休暇を取ったので会社にも迷惑をかけたが、女性の上司が理解のある人で、うまく保奈美の仕事を部署内で振り分けてくれた。体調が安定するのを待って不妊治療を再開し、レーザーで卵巣の表面を焼灼《しょうしゃく》し、自然排卵しやすくする手術を受けた。

その甲斐《かい》あって、薬を使わずに自然に卵胞が育ち、排卵するようになった。効果は一生続くわけではなく、半年から一年程度と言われた。しかし幸い六度目の人工授精で、念願の妊娠が叶った。

ああ、わたしでも妊娠できるんだ。これでやっと、お母さんになれる――

妊娠しなければ分泌されないホルモンが検出された血液検査の結果表を、保奈美は大事に御守り袋に仕舞った。

しかしすぐに、正常妊娠ではないことが発覚する。赤ちゃんの入った袋――胎嚢《たいのう》――が確認できたのは子宮内でなく、卵管内だった。

「だったら、胎嚢を子宮に移植すればいいんですよね？」

保奈美には、子宮外妊娠の知識などなかった。最先端の医学なら、それくらい可能だと本気で思ったのだ。

けれども現実は無情だった。苦労して宿らせた命は、卵管ごと切り取ることになった。しかもそれは、狭窄なものの、通っている方の卵管だった。

子宮にさえ着床していれば、生まれてきたかもしれない尊い命。手術前に受けた超音波による内診で、チカチカと動く心臓が見えたときは、涙が溢れて止まらなかった。

手術室に運ばれ麻酔をかける段になっても、このまま卵管で妊娠を維持する方法はないのかと食い下がり、保奈美は医師を当惑させた。

妊娠イコール出産ではない。妊娠が成立するか、また出産できるかは、全《まつた》き神の領域なのだ。生殖医療はその領域を侵すと言われるが、それは違う。どんなに最先端の技術を用いても、妊娠と出産には神の意志が必ず存在する。医師が、保奈美が、どんなに努力しても、到底そこには届かない。出産して初めて、やっと神の手から母の手に譲られることになるのだ。

それならば、と保奈美は思った。

生まれるまでが神の領域なのであれば、生まれてからは母の領域なのだ。もしもこの先、無事に我が子を抱くことができたら、全身全霊をかけて愛し、守る。たとえどんなことがあっても、自分の命を削ってでも、守り抜く――
胎児と卵管を同時に失った保奈美は、病室のベッドで、むせび泣きながらそう誓ったのだった。

はっと目が覚める。いつの間にか、眠ってしまっていた。もう真夜中で、家中がしんと寝静まっている。

布団からそっと抜け出て、保奈美はベランダに行く。再び双眼鏡で、周辺を眺めた。もしかしたら、またあの男がいるかもしれない。そう考えると不安だった。

丸く切り取られた視界を、見覚えのあるジャンパーが横切った。やっぱりいた。双眼鏡を持つ手が汗ばみ、息苦しくなった。

――この目で確かめなくては。あの男の身元を。そして、どこに住んでいるのか、ここで何をしていたのかを。

今度は、通報しようとは思わなかった。警察など頼りにできない。

男の歩いていく方向を確かめると、保奈美はバッグを持ち、そうっと、しかし素早く玄関から出た。

11

由紀夫ちゃんが拉致された時間帯、曖昧《あいまい》であった父親のアリバイが立証された。営業車の中で休憩していたところを、たまたま自転車で通りかかった女子大生が目撃していたのである。

「実は、ちょっと車を自転車でこすっちゃって」

彼女は申し訳なさそうに言った。

「謝ろうと思って慌てて車の中を覗いたんですが、寝てたし、それに瑕《きず》もほとんどわかんないくらいだったんで、そのまま行っちゃいました。すみません」

近隣を捜査員が聞き込みしていることを聞きつけて、名乗り出たのだった。

自転車と営業車を調べると、確かに互いの塗料が検出された。女子大生と由紀夫ちゃんの父親に全く面識はなく、その直後に、女子大生は駅ビルで買い物をしている姿を目撃されている。父親がその時間帯、休憩していたということに間違いはなさそうだった。

これで、拉致をしたのは少なくとも父親でないことはわかった。しかし依然として、殺害時刻である午後七時から八時にかけてのアリバイとなるとはっきりしない。その時間帯に関しては、母親と連絡を取ってはいるが、この時間に由紀夫ちゃんを殺害し、遺棄することは可能なのだ。

また、「いきいき子育てホットライン」に、父親が情緒不安定で子供に暴力をふるうという相談をしたのが、由紀夫ちゃんの母親であったことも確認された。

拉致の推定時刻に父親のアリバイが立証された今、母親の当時の行動も洗い直されている。両親の関与があったのではという疑いは日増しに濃くなっていった。

両親の線を詰める一方で、粛々《しゅくしゅく》とローラー作戦で聞き込みは行われている。ついに土曜日となり、事件から一週間が経過――この日も朝から、坂口と谷崎は、担当エリアにある住居を片っ端から訪問し、話を聞いて回っていた。

「ねえねえ、父親が犯人なんでしょ？」

訪問先で、度々好奇心を剝き出しにした質問を受けた。虐待のことをあえてマスコミにリークし、犯人にプレッシャーをかける場合もあるが、今回は慎重に事を運ぶべく、伏せて進めている。しかし虐待の目撃者から漏れたのか、噂が流れているようだった。

「現時点では何とも言えません」

そう答えるが、すでに相手は父親が犯人という前提で話をしてくる。しかも、そのどれもが又聞きだったりインターネットの掲示板に書かれていたことなどで、新たに参考となりそうな情報はほとんどなかった。

「今のうちに昼飯にするか」

低層マンションを一棟回り終えて、坂口は腕時計を確認する。午後一時を過ぎたところだった。

「そうですね——おっと」

谷崎がジャケットの胸ポケットに手をやり、スマートフォンを取り出した。無音のまま、ぶるぶると震えている。

「誰かしら」

番号通知を見て首を傾げているので、係長でないことは確かだろう。谷崎は通話ボタンを押した。

「もしもし、谷崎です。——ああ、昨日はお世話になりました」

話しながら、谷崎がチラリと坂口を見る。

「ええ、まだ進展は……。はい、引き続き我々一丸となって……有難うございます。よろしくお願い申し上げます」

ふうっと息をついて、谷崎は電話を切った。怪訝《けげん》な坂口の視線に気付いて、

「月曜深夜の不審者の通報者だった女性です」

と谷崎は言った。

「ああ、昨日聞き込みに回った？」

「ええ。まだ犯人は捕まっていないのかって」

「それだけ？」

「ええ」

「電話番号、教えるべきじゃなかったかな」

坂口は苦笑した。

「別に嫌な人ではないですけどね、礼儀正しいし。まあ、単に心配なんでしょう。でも進捗状況を聞かれても、答えられませんからね」

「次は俺が出るよ」

「お願いします。ただ……昨日言ってた、『母親の勘』っていう言葉には、実はかなりドキッとしてました」

「そうだな、俺もちょっと驚いたよ」

「あながち、外れてはいませんものね。だって通報されたあの男、四年前に大美戸市で起きた強姦事件の犯人だったんですって？」

「ああ。当時はまだ十五歳でな。少年院に入院したはずだが、もう出院したんだな」

「今回の事件が起こってすぐ、彼から話は聞いて、アリバイも確認済みだったんですよね？　だから通報があった時、手荷物を確認して終わりだったって聞きました」

一般市民に性犯罪の前科のある者を公開するミーガン法こそ成立してはいないが、警察内部では当然、前科者の近況を把握しており、彼らが住む近隣で犯罪が起これば話を聞き、アリバイを調べる。だからこの青年——蓼科秀樹にも、由紀夫ちゃん殺害事件が起こってすぐ、確認が行われていた。

先日、不審者発見の通報があった時、署内は色めき立ったが、生活安全課が駆けつけてみれば、蓼科秀樹だった。半年前に出院した彼は、田畑を借りて菜園を始めたらしい。あの夜も、風が強かったので植えたばかりの苗が心配になり、様子を見に行っていたという。黒い大きな鞄の中に入っていたのは、スコップや懐中電灯、軍手などだったことが、次の朝の捜査会議で報告されていた。

「蓼科秀樹は、由紀夫ちゃんが拉致・殺害された時間、ガソリンスタンドでアルバイトしていたんですよね。店長や同僚の証言もありますし、防犯カメラにもずっとその様子が映っている。よって、犯行は不可能、と」

「そうだな」

「四年前の事件の概要をご存知ですか？」

「ああ。卑怯なやり口でね、顔見知りの中高生を強姦したんだ。わかっているだけで二件だが、親告しなかった被害者もいるんじゃないかっていうのが、当時の見方だったらしい。もっとも蓼科は、一貫して合意の上で行ったと主張したそうだがね」

「なるほど」

「ただ個人的には、あいつは幼児を、しかも男児を狙うとは考えにくいと思っている。

もちろん、先入観で決めつけてはいけないがな」

「坂口さんは、父親が犯人だと思いますか？」

「手口の執拗さと入念さからすると、異常性愛者を装ったのではなく、本当に遺体、そして性器への強い執着があったように俺は思う。君がこの間言ったように、父親がその異常性愛者なのかどうか……そこが難しいところなんだよな」

坂口は難しい顔になり、腕組みをする。

「よしんば、父親が異常性愛者であったとしても、実の息子をその対象にするだろうか、とかね。ただ、虐待は事実だし、それだって性的なものだった可能性もある。父親が犯人に一番近いことは確かではあるな」

「じゃあ……」

「でも父親を任意で聴取なんかしたら、ますます捜査はその裏付け一色になる。前にも言ったが、それまでは他の真犯人を挙げてやるという気概を持とう」

「同感です」

谷崎は力強く頷いた。

「あの、お昼なんですけど……お弁当じゃダメでしょうか」

「弁当か、いいな。早く食える。どこで買う」

「サンズマートです」

坂口が、思わず谷崎を見る。

「坂口さんは、サンズマートに行かれたこと、ありますか?」

「いや、ない。写真と映像だけだ」

「でしょう? 一度、自分の目で見ておきたいと思いませんか。もちろん、サンズマートには別の担当者がいるのはわかってます。だけど休憩中にお弁当を買いに行くという名目があれば、誰からも文句は出ないでしょう?」

担当場所を荒らされるのは、気持ちの良いものではない。けれども、谷崎の言うことには一理ある。何より、熱心なのは良いことだと思った。

「実際に行ってみれば、何か見えなかったこと、気付かなかったことが見えてくるかもしれないと思って」

「そうだな、行ってみるか。ただし、あくまでも休憩の範囲でだ。俺たちには俺たちのやるべきことがある。長居はできないぞ。それでいいな?」

「はい! ありがとうございます!」

谷崎は頷くと、一秒を惜しむようにサンズマートの方向へと走り出した。

土曜日の昼下がり、サンズマートは賑わっていた。

入店してすぐ、谷崎は弁当売場へ直行する。担当者と鉢合わせしても言い訳できるようにだろう、ろくに選びもせず買い物バスケットに弁当をふたつ放り込むと、早速店内の見学を始めた。通路を行ったり来たりし、レジの周りを歩き、二階の日用品売場も隅々まで見て回った。支払いを済ませて一度外に出て、従業員用の出入り口やカメラの位置なども確認する。

「従業員用の出入り口って、鍵がかかってないんですね。子供だったら、探検のつもりで入ってしまうこと、あるんじゃないでしょうか」

「ありえないことはないな」

「そして、たまたま幼児性愛者である従業員の一人と鉢合わせする。そのまま連れ去られて――」

「どうやって？　泣きわめかないのか？」

「殴って気絶させたとか」

「新しい殴打の痕などはなかった。抵抗した時にできる傷もな。ついでに言うと、睡眠薬などの薬物も検出されずだ」

「うーん。顔見知りだったとか？」

「母親の話では、店に知り合いはいないということだったがな」

「じゃあ、母親も関知していない、顔見知りの従業員だったと仮定します。だとしたら、その従業員は拉致以降、勤務から外れている必要がありますよね」

「おいおい、谷崎くん——」

「または、母親もグル。いずれにしても、その日のその時間以降にシフトに入っていなかった人物が怪しい」

「そこまでにしとけ。他の担当者の管轄を荒らすなよ。現場が混乱する」

「でも」

「会議での報告を覚えていないのか。従業員の身元は全員確認されている。それに、君が今考えた可能性を含めて、係長だって担当者だって検証を続けている。被疑者を絞れていない以上、ここの従業員だって容疑から外しちゃいないさ。熱心なのは構わないし、拉致された現場を見ることも大事だと思う。しかし君がすべきことは、与えられた仕事を遂行することだろう」

坂口の言葉を聞くと、谷崎は唇を噛んだ。

「……申し訳ありません、一人で空回りして」

「別に謝ることじゃない。さあ、とっとと食おう」

袋詰めカウンターの脇に小さなテーブルと椅子が置かれ、ささやかな飲食スペースとなっていた。

「ここで食べましょう」

席に着いてすぐ、谷崎は食べ始めた。しかし咀嚼《そしゃく》しながらも、あちこちに視線を這わせている。従業員だけでなく、買い物客、子供たち、出入りの業者——恐らく、弁当など味わっていないに違いない。それは坂口とて同じだった。他の担当者の管轄を荒らすつもりはない。けれどもせっかく来たのだ、色んなものを観察し、頭に叩き込んでおこうと思った。

食べ終わって少しすると、谷崎が「行きましょうか」と立ち上がった。坂口も立ち上がり、ゴミを捨てる。

スーパーから出て、再び担当エリアへと足を向けた。その時だった。

「あ」

谷崎が急に立ち止まった。

「どうした」

目の前の従業員出入り口が開き、ちょうど中から人が出てきた。

「さっきレジにいた子だわ」

後ろ姿だが、現代っ子らしい体形をしていて、頭が小さく脚が長い。染めているのか、短い髪は茶色く陽に透けている。

「あの子が持っているの……剣道の防具袋ですよね」

谷崎の目が、地面を小さい車輪で引きずられている黒いバッグに惹きつけられている。剣道をたしなむ警察官は多い。坂口もそうだ。谷崎のことも、道場で見かけたことがある。

「君が何を考えているかわかってるぞ」

坂口が言った。

「由紀夫ちゃんは小柄だった。あの中に入れれば、運ぶことができる」

「坂口さんはどう思いますか？」

坂口はため息をついた。確かに、防具袋に関しての報告はなかったように思う。

「話を聞きたいか？」

「いいんですか？」

「ああ、行こう」

谷崎は早足で歩き、「ねえ、あなた」と呼び止めた。すかさず警察手帳を見せ、「捜査一課の谷崎ゆかりと申します」と名乗る。

「さっき、レジにいましたよね？　サンズマートで働いているんですか？」

「そうですけど……」

「どこの高校？　お名前を訊いてもいい？」

「藍出第一高校の田中《たなか》真琴です」

「何年生？」

「二年です。——由紀夫ちゃんの事件を調べていらっしゃるんですか？」

いかにも今風の高校生といった風情なのに、言葉遣いは丁寧だった。

「ええ、そうなの。あの日は出勤してましたか？　土曜日は、いつもこの時間にシフトを上がるの？　何か気付いたことはありませんでしたか？」

「ずいぶんたくさん質問があるんですね」

田中は白い歯を見せて笑った。

「土曜日は毎週ではありませんが、入ることはあります。そして事件の起こった日も、勤務していました。でも特に気付いたことはなくて――って、一連の話は、もう他の刑事さんに話しましたけど」

「君は、剣道部なのかな」坂口がさりげなく割り込んだ。「僕も、谷崎もやるんだけどね。僕は五段で、ええと……谷崎くんは……」

「わたしは六段です」

自分より上段者であったことに驚きつつ、坂口は質問を田中に振った。

「田中くんは、何段かな？」

「二段です。お二人に比べれば、まだまだですね」

田中が、はにかんだように微笑する。

「最近は、便利な防具入れも出てるんだねえ」

坂口が足元を指さした。

「ああ、これですか。そうですね、キャスター付きなんで便利です。もちろん肩に掛けられますしね。2ウェイなんですよ」

田中はしゃがみ込み、自慢げに防具袋のファスナーを開けた。使い込まれた面や胴が、ちらりと見える。

「僕が剣道少年だった頃には、車輪付きなんてなかったよ。通学の往復二時間、ずっと担ぎっぱなしだった」

「でも、トレーニングになりますよね。本当は担いだ方がいいってわかってるんですけど、今日はバイトの後だから、疲れちゃって。ま、だから二段どまりなんですかね」

田中は頭を掻いた。

「ここでバイトを始めて長いの？」

隣にしゃがみ込んで防具袋と防具を見ながら、坂口は訊く。防具袋は車輪がすり減っていた。素材はビニールで、ところどころ瑕や破れがある。しかし、防具を持ち運びした以外に使われたような形跡は見当たらなかった。

「そうですね、もう一年半です。バイトの中では続いてる方だと思います」

「えらいねえ。バイト代は何に使ってるの？」

「スマホ代とか、ゲーム買ったりとか。ああ、あと防具のクリーニング代とかですかね」

坂口は、ちらりと谷崎を見る。谷崎が小さく頷いた。

「呼び止めて悪かったね」

坂口は立ち上がり、とんとんと腰を叩いた。

「いえ、別に」

田中も防具袋のファスナーを締めて立ち上がり、

「じゃあ。ご苦労様です」

と爽やかに会釈をして去っていった。

ふうっと息を吐いた谷崎の肩を、坂口がぽんと叩く。

「気が済んだか?」

「はい」

「幼児を隠して運ぶとなると、スーツケース、段ボール箱などは思いつくが、剣道の防具袋というのはなかなかの着眼点だと思うぞ。スポーツ用品店を当たるのも、アリかもしれないな」

「ええ。まあ、いくら従業員でも、あの高校生が犯人と考えるのは、かなり無理がありますけどね」

「うーむ、ゼロとは言えないが、可能性は低いだろうな。男児の肛門を暴行し、性器を切り取る異常者には見えない」

「整った顔してますもんねえ」

遠ざかっていく田中の背中に、谷崎がため息をつく。

「そうだな」

「学校でもモテるでしょうね。私も憧れちゃうくらい」

冗談かと思いきや、目が真剣な谷崎を見て、坂口は噴き出す。

「さあ、急いで戻ろう」

「はい」

立ち去ろうとした時、田中に子供が駆け寄っていくのが見えた。

「まことせんせー」

そう聞こえた。田中は立ち止まって、にこやかに子供と会話をしている。

「先生……?」

子供の着ているTシャツの背に『ちびっこ剣道クラブ』と書かれていた。

「子供対象の剣道クラブの先生か……。由紀夫ちゃんは、何か習い事はしてましたっけ」

「報告では稽古事は一切していなかったということだが……見学くらいはあるかもしれんぞ」

「そこで犯人との接点ができたのかもしれませんね……」

谷崎はじっと何かを考えるように、田中の後ろ姿を眺め続けた。

12

真琴はゴロゴロと防具袋を引きながら、藍出第一高校へと続く道を歩いていた。

二人組の刑事に声をかけられ、しかも防具袋に興味を示されたことで、少々動揺してはいた。けれども自然に振る舞えたと思う。

大丈夫。

何の証拠もないはずだ。

それに、今の真琴にとっては、警察の存在より、誰が由紀夫の遺体を穢したのかが気にかかっていた。その人物は、偶然、由紀夫の遺体を見つけたのだろうか？　それとも、真琴が遺棄するところを目撃して、真琴が去るのを待ってから屍姦に及んだのだろうか？

最初は、その人物の存在を脅威に感じた。いくら遺体の処理を完璧にしたとしても、目撃されてしまっていれば、警察に通報されるか、恐喝されるか——いずれにしても、プラスには働くまい。

しかし数日経っても、身辺に変わったことは起こらなかった。真琴はふと思った。よくよく考えてみれば、そいつも異常者なのだ。男児の遺体という、極めて手に入りにくい獲物が提供されたのであって、その提供者である真琴がどのような手口で殺害し、遺棄したかなど、どうでもいいのではないだろうか。欲望を満たせただけで充分と考えているのではないだろうか。

そうに違いない。でなければ、とっくに真琴に捜査の手が伸びているはずだ。

だから、そいつは敵ではないのだ。味方でもないが、真琴の不利になるようなことはしないだろう。それにうっかり証言すれば、そいつだって遺体を犯したことを追及されてしまう。

だから大丈夫なんだ。

真琴はそう考え、不安をぬぐった。

それでも、大きな疑問は残る。

その異常者は、いったい誰なのか。

どうやって遺体を見つけたのか――

いったん学校の部室に防具袋と防具一式を置いてから、すぐにマンションに帰る。自分の部屋のドアを開けると、さんぼんぎさとしがゲームの画面に目を据えたまま「おかえりー」と言った。

今朝、サンズマートのバイトに行く前、空の防具袋を提げて、真琴はさとしの姿を捜した。真琴の中に渦巻く衝動は、抑え切れないほど大きく膨らんでいた。焦って失敗はしたくない。けれども、少しでもチャンスがあれば、早く実行に移したかった。

しばらく観察を続けていたので、だいたいの行動パターンは把握していた。自宅か、近くの公園か、幼稚園か、空き地か、路地裏か。果たして、誰もいない路地裏で、仔猫の首に輪っかをかけて引き回していたさとしを見つけた。

「おい、やめな」

真琴が紐を取り上げて猫を解放すると、さとしが睨みつけてくる。

「なにすんだよ」

「お前、本当に乱暴な奴だよな。前も女の子をいじめてただろ?」

「…………」

ふくれっ面をして、さとしがうつむく。

「今日はひとりか?」

「まあね」

「妹は?」

「ママが連れてった。デートだって」

「デート?」

「カレシとデート」さとしはませた口調で言った。「でも僕は行かない。あいつ嫌いだから」

「ふーん」

真琴はあたりを見回す。この路地は木材置場の裏手にあり、人通りはほとんどない。チャンスだ。

「じゃ、うちに来てゲームでもするか？」

そう誘うと、さとしは目を輝かせた。

由紀夫の時の経験から、幼児はキャスター付きの袋に入ることを面白がることがわかっていた。さとしは思惑通り、「おー、おもしれー」と嬉々として袋の中で丸まったのだった。

こうしてさとしを自宅まで連れて来た。真琴の家族は、今日は夕方まで出かけている。真琴ももうすぐ出かけなければならない。ひとまずさとしを部屋に招き入れると、台所からお菓子を大量に持ってきてやった。

「食べていいよ。ゲームも、好きなだけやったらいい」

「マジ？」

「その代わり、大人しくしてて。今からバイト行ってくるから」

「どれくらい？」

「三時間くらい。どこへも出るなよ」

「はーい」

すでにさとしは夢中になって、ゲーム機のコントローラーを操作している。この分なら大丈夫だろうが、念のため、部屋にあるノートパソコンとスマートフォンとを、テレビ電話アプリケーションで通話状態にした。スマートフォンの画面に、パッと真琴の部屋が映し出される。こうすれば、ゲームにかぶりついているさとしの姿をいつでも確認できる。

真琴は家を出た。玄関のドアには、ノブを挟んで上と下に鍵がひとつずつついている。下の方の鍵はさとしでも手の届く高さだろうが、上の方は無理だろう。できれば真琴の部屋から一歩も出ないでほしいが、もしも出てしまったとしても、玄関のドアを突破できるとは思えない。真琴は安心しつつ、鍵を両方ともかけ、ちゃんと防具の詰まった古い方の防具袋を持ってバイトへ向かったのだった。

「ねえ、お腹空いた。もっとお菓子ないの？」

さとしがずっと持ちっぱなしだったコントローラーをようやく置き、真琴を見上げる。

「持ってきてあげる。その前に、おしっこ行きな」

「え、おしっこ？」

「そう」

「ぼく、今別に行きたくないよ」

「たくさんジュースを飲ませてあげるから」

「ほんと?」

「ああ、ひとりで行けるね?」

「うん!」

トイレの場所を教えるとさとしは嬉々として行き、用を足して戻ってきた。

「あれ、ジュースは?」

「今持ってくる」

そう言いながら、真琴はさとしの背後に回って立て膝をついた。右腕をさとしの首に回し、ぐっと締めつける。

暴れた。

さとしの肘が真琴のみぞおちを強打する。真琴は腹筋に力を入れてこらえる。由紀夫の時もそうだったが、こんな小さな体でも、秘めている力は計り知れない。やはり殺すことにしてよかったと思いながら、真琴はさらに腕に力を込めた。

手で絞めると、指の大きさや長さから、身長を推定されてしまう。だから由紀夫の時も、腕を使った。

「どうし、て……」

さとしの口から、かすかな声が漏れた。

「どうしてって?」

真琴はさらに腕を締めつける。

「君が、怖いから」

さとしの体が小さく痙攣《けいれん》したかと思うと、急に重くなった。ふうっと真琴は息を吐き、体を離す。ぷんときつい臭いがした。トイレに行かせておいたので失禁はしていなかったが、便が漏れていた。慌ててさとしの両足を持ち上げ、床に浸みていないか確認する。が、衣服以外は汚れていなかった。

真琴は周囲を汚さぬよう配慮しながら、慣れた手つきで幼児のズボンを脱がせると、下着ごと便を持ってトイレに行き、流した。汚れた下着は、ポリ袋に入れる。もう動かなくなったさとしの体をうつ伏せにして、ウェットティッシュで尻を拭いた。再びトイレに流そうとして、思いとどまる。ウェットティッシュは水に溶けないから、万が一の時に証拠になる可能性がないとはいえない。真琴は、ポリ袋にウェットティッシュも放り込んだ。

まだ死体の柔らかい今のうちに、シャツなども全て脱がせる。エアコンの暖房をオンにし、最高温度である三十度に設定した。少しでも長い間、死体に柔軟性がある方が扱いやすいことが、由紀夫の時にわかった。

さとしを全裸にすると、真琴は黒いウィンドブレーカーの上下に着替え、水泳キャップを被《かぶ》った。それからラテックス製の、ぴったりとした手袋、水泳用ゴーグル、立体マスクを着ける。指紋はもちろん、衣服の繊維、髪の毛やまつ毛、唾液が死体に付着しないための、細心の注意だ。

風呂場へさとしの体を運ぶ。ビニールシートを敷いてから床に置いた。真琴は性器の先端をつまむと、カミソリの刃を滑らせる。解剖用のメスは、学校の実験室や実験器具販売店から入手しようと思えばできたし、鋭い切れ味を持つナイフも普通に売っていた。けれども足がつくかもしれないので、特殊なものを使わないことに決めていた。

皮下組織の弾力に押し返されながらも、何とか切断を成功させる。手袋が、真っ赤に染まる。切り取ったものを、チャック付きのポリ袋にそうっと収めた。ちゃんと中身が見えるよう、透明性の高いものだ。

シャワーでぬるめの湯を出して血をすすぎ、さとしの全身を洗った。真琴の部屋の埃、髪の毛、唾液……何が付着しているかわからない。石鹸を使って、頭髪、脇の下、鼠蹊《そけい》部、肛門、足の裏……と、丁寧に、丁寧に洗い流した。

このくらいでいいだろうか。

シャワーを止める。排水口に髪の毛が流れないよう、使い捨ての紙のシートを貼りつけておいた。排水口や下水管から証拠が見つかることもある。だから液体以外は、できるだけ流すべきではない。

排水口から水が流れ切ると、急に風呂場がしんとした。マスクをしたまま、あえぐように息をする。いつの間にか、息をつめて作業をしていたようだ。

湯と、完全装備のせいで、かなり体が熱い。けれども風呂場の換気窓を開けていたお陰で、汗はかかずに済んだ。むせかえるような血の臭いも外に流れていくが、真琴の家は角部屋で、換気窓の向こうは自宅のバルコニーだ。

立ち上がって、洗面台の下の物入れから、何枚かペットシートを出してきて遺体を拭いた。以前犬を飼っていた時のもので、また飼う時のために捨てずに取っておいたものだ。吸水性がよく、また繊維の付着の心配が少ない。

清め終わった死体を洗面所に移動させ、敷きつめたペットシートの上に横たえる。ポラロイドカメラをかまえ、シャッターを押した。しばらくすると、ぼんやりと像が現れてくる。もう、さとしはいないのだという自分自身への証《あか》しだ。

一度部屋に戻り、防具袋の中に、一五〇リットルの特大ポリ袋を重ねて広げる。

これでいい。さあ、さとしを運んで来よう――

洗面所に向かいかけた時だった。

がちゃがちゃと鍵が回り、玄関が開く音がした。

「あー、寒かった！　もう秋も終わりねえ」

母の声だ。

ここで母が帰宅するとは、誤算だった。由紀夫の時は人目を避けるために深夜に遺棄したが、事件以降、夜間パトロールが強化されているので、裏をかいてその時間帯を避けるつもりだった。それに時間が経てば、さとしの母親が失踪に気付く。街中が警戒態勢になってしまえば、もう遺棄はできない。だから隙のある朝に拉致しておき、明るいうちに全てを終わらせるというのが今回の計画だったのだ。

「あら？　真琴いるの？」

母の声が近づいてくる。U字ロックをかけておかなかったことを後悔しながら、真琴は急いで洗面所へ行き、ペットシートごと遺体を風呂場へと引きずって移動させた。

「ああ、やっぱりいたのね。ただいま」

母が洗面所に入ってくるのと、風呂場のドアを閉めたのはほとんど同時だった。キャップやゴーグルを外すのもギリギリで間に合った。

「今日バイトじゃなかったの？」

母が手を洗い始める。つい今しがたまで、男児の死体が転がっていた場所で。

「今日は早番。そっちこそ、早いじゃん」

なるべく平静を装う。

「会議が早く終わったの。特売でチョコレート買っちゃった。食べる？」

「いや……いい」

母が風呂場のドアを開けやしないか、それだけが気がかりだった。母は蛇口を閉めると、手を拭きながら真琴の前に立った。

「顔色悪いんじゃない？　風邪？」

「ちょっと疲れて寝てただけ」

「熱は？」

母が片手を真琴の額に当て、少し安心したような表情をする。

「熱はないかしらね。あら、暖房かけてる？」

真琴の部屋から聞こえる、最大風力に設定されたエアコンの音に母が気付く。

「やだ、寒気がするの？」

「大丈夫だから」

「――本当に大丈夫？」

母は真琴の顔と、部屋の様子をちらちらと見比べている。

「うん。ちょっとお風呂であったまる」

「じゃあ沸かしてあげる」

「いい！」

風呂場に向かいかけた母を、必死で止める。

「いいから、そっとしといて」

母は、きょとんと真琴を見つめていたが、「いやあね、思春期って扱いづらいわ」と苦笑いしながらリビングの方へと去った。

テレビの音声が聞こえ始めると、真琴は防具袋を持って風呂場に戻った。折り曲げて死体を収め、ファスナーを締めた時には、思わず安堵の息が漏れた。床に溜まった血液を流し、洗剤で洗い、一度スポンジで水分を拭き取ってから、漂白剤を隅々まで吹きかけた。

「やっぱ、ちょっと出かけてくる」

玄関先に防具袋を運び、真琴はリビングに向かって声をかけた。

「えー？　大丈夫なの？」

テレビの音に混じって、母の声が聞こえる。

「大丈夫。すぐ戻るから」

「はーい、いってらっしゃーい」

間延びした母の声を背に聞きながら、真琴はマンションの廊下へ出た。

同じ人間が入っているのに、防具袋は数時間前に家に運んだ時よりずっと重かった。生きていても死んでいても、体重は変わらないはずなのに——いや、魂の重さ、二十一グラムほど軽くなるという説だってあるくらいなのに、生命を投げ出した後の体は、なぜこんなにも重いのだろう。

エレベーターに乗って一階に到着し、ゴミ捨て場に行く。鍵を使って投入口を開け、子供服、下着、靴、ウェットティッシュ、ペットシートなどをまとめたポリ袋を放り込む。投入口の向こうで、ガシャンガシャンと大きな金属音を立てて、モーターが回り始める。

「ここのゴミ捨てはね、放り込んだら瞬時に粉砕処理されますから」

入居時の説明会で管理人が言ったことを、思い出していた。

「だから大切なものを間違えて捨てちゃったたって泣きつかれても困ります。入れたら最後、全て、粉々ですからね」

投入口を閉めて少しすると、モーター音が止まった。ほんの一瞬の、証拠隠滅。週明けに業者が来て、ゴミを回収すれば完璧だ。

マンションの外に出る。のどかな郊外の街。行き交う人々は、まさか真琴が男児の死体を持って歩いているとは思わないだろう。さっき刑事たちに声をかけられ、防具袋の中を見せておけたのはラッキーだった。

今回遺棄するのは、病院の跡地だと決めていた。ちょうど解体が始まっていて、建物の半分ほどが壊されている。近隣への配慮で、週末は工事が休みだ。それに跡地は、少し坂を上がった行き止まりにある。子供たちが面白がって探検する以外は、人通りはない。気を付ければ、誰にも見られることはないだろう。

真琴は、坂に差しかかる前、そして上り切ってから、慎重に辺りを窺った。誰もいないことを確認すると、素早くキャップを被り、ゴーグルとマスク、手袋を装着してから防音防塵《ぼうじん》シートの中にもぐり込む。割れたガラスやコンクリートに気を付けながら進み、安定した場所に防具袋を置いた。さとしを袋から取り上げ、なるべく平らな土の上に寝かせる。最後にもう一度、漂白剤で遺体の全身を拭き上げた。

涙ぐみそうなほど、安らいだ気分だった。このまま留まって、ずっとさとしを眺めていたかった。

けれど長居は危険だ。真琴は人気のないことを確かめてから敷地の外に出て、急いでキャップなどを脱ぐ。坂を下り、路地から大通りへ出ると、普通の人々に交じって歩き始めた。

良かった、これで終わった――

けれども、すぐに不安に襲われる。この穏やかな気持ちが、今回はどれだけ続いてくれるのだろうか。

真琴は学校へ戻ると、置いておいた道着と防具を着けて、剣道場へ向かった。すでにほとんどの部員が集まっている。真琴も準備運動をして、素振りを始めた。しかし稽古開始の時刻になっても、綿貫は現れなかった。大会前の稽古に遅刻するのは、彼らしくない。

「綿貫って今日休みだっけ？」

近くにいた高城《たかしろ》という一年生の女子に聞く。

「いえ、聞いてませんけど。ちょっと待ってください」

高城は、私物を置いてある棚に走って行くと、携帯を手に取った。

「あー、休むってライン入ってます。真琴先輩に、全て任せるって」

「え、マジ」

真琴も、慌てて自分のスマートフォンを確認する。ご丁寧に、今日の特訓メニューまで指示が入っていた。跳躍素振り、基本打ち、地稽古――

「しゃーないな。じゃ、ぼちぼち始めるか」

「はーい……あれ、先輩、ほっぺ、どうしたんですか」

「え？」

高城が、わざわざコンパクトミラーを出して、見せてくれた。左の頰に、うっすらと一筋、赤い線が走っている。

真琴の背筋を、冷たいものが伝った。

いつ？　いつ、こんな傷がついた？　バイトの後、ロッカーの鏡を見た時には、何もなかった。ということは——さとしを羽交い締めにした時に、引っ掻かれたのだ。

遺体は丁寧に洗浄し、拭き清めた。しかし、爪の間の処理は充分だっただろうか。もう一度、廃病院に戻る猶予《ゆうよ》はあるか？　さとしの失踪は、もう警察に知られているのか？

せわしく考える真琴の耳に、パトカーのサイレン音が迫ってくるようだった——

13

保奈美はマンションのエントランスから出ると、男が歩いていった方向へと向かった。かなり先にある街灯の下を、白いジャンパーが通り過ぎるのが見える。自分は街灯に照らされるのを避けながら、保奈美は足を速め、男の後を追って行った。

適度な距離を保ちつつ、足音を立てないようについていく。住宅街はひっそりとし、明かりのついている家もない。人通りがない深夜の時間帯、振り返られたら警戒されてしまう。

男の手には、黒い大きなバッグがあった。

男はそのまま住宅街を抜けると、広々とした畑へと入っていった。懐中電灯をつけ、足元を照らしながら進んでいる。保奈美は少し離れた電柱の陰に隠れて、双眼鏡を覗いた。

畑の中は、何区画かに分かれているようだ。男は懐中電灯で、番号が書かれた立て看板を確認している。そして「4」の区画で立ち止まると、懐中電灯を足元に置いてしゃがみ込んだ。カバンの中から何かを取り出し、ごそごそと手を動かしている。少しすると立ち上がり、今度は畝《うね》の真ん中に置かれた赤い箱から長いものを取り出した。鍬《くわ》なのだろうか、足元に差し込んでは、掘り起こしている。

男はひと畝ほど掘り、道具を仕舞うと、すたすたと畑の中央を横切って、道路へと出てくる。保奈美は慌てて身を隠した。

男が懐中電灯を消すと、ふっと周辺が暗くなった。道路を渡り、ゆるやかな坂道を下りていく。保奈美も続いた。二十分ほど歩いたアパートのところで、男が立ち止まる。男は集合二階建てで外側に鉄製の階段がついた、いかにも昭和を感じさせるアパート。男は集合郵便受けを開けて、郵便物を取り出している。

これで住居がわかった。

興奮のあまり、保奈美の息が荒くなった。

男は郵便物をよりわけ、その中から数通を郵便受け下に置いてあるゴミ箱に放り込む。それから階段の下をくぐり抜け、一階の端にある部屋のドアを鍵で開けて中に入った。

電気が灯ったのが、ドア脇にある小さな窓からわかる。

保奈美は素早く郵便受けに近づき、その下のゴミ箱を覗き込む。一番上に捨てられているダイレクトメールの封書を取った。

東京都藍出市荒井《あらい》町1丁目1　コーポ藍出103　蓼科秀樹様
「たてしな……ひでき」

保奈美は低い声で呟いた。

不要なチラシを捨てるために設置されたゴミ箱は、ほとんど溢れそうになっていた。恐らく何日も回収されていない。保奈美はゴミ箱を抱えてアパートから少し離れた路地に入ると、その場に中身をぶちまける。そして蓼科秀樹宛ての封書やハガキを徹底して探した。

紳士服量販店、理容店、生命保険の勧誘など、普通のダイレクトメールばかりだ。これといって、何も参考になりそうにはない。

保奈美はチラシや封書をもう一度ゴミ箱に入れると、郵便受けの下に戻した。蓼科秀樹の部屋の電気は、まだついていた。

家に帰る途中、もう一度畑に寄ってみた。

スマートフォンのカメラ機能についているフラッシュを懐中電灯代わりに、4番の区画を探す。

――これだ。

4と書かれた白い立て看板。赤い箱。畝は四列あり、緑色の茎があちこちから伸びていた。男がしゃがんでいたあたりにフラッシュの光を近づけると、小さな苗が植わっているのが見える。

本当に、単に農作業をしていただけ？

いや、でも――

畑の状態を見るに、さほど手間暇をかけて世話をしているとは思えなかった。支柱も何もなく、伸び放題の茎や蔓《つる》に、申し訳程度の実がつきかけている。さっき掘り返していた割には、畝の土はかたく、ところどころひび割れていた。試しに両隣の区画を見回ってみるが、4番とは全く違い、青々と茂り、土はよく耕され、化成肥料らしき白い粒状のものが撒かれている。

蓼科の区画だけが、とても豊作を期待できそうな状態ではない。

それならば、なぜ貸し農園を借りてるんだろう。

それに、わざわざ真夜中に作業なんかして――

そこまで考え、ふと保奈美は身を震わせた。

蓼科のアパートは、ここから二十分先。保奈美の家は、ここから逆方向に十五分。つまり、男はわざわざ畑を通り過ぎて保奈美のマンション付近をうろつき、また戻っていることになる。

畑は、カモフラージュではないのだろうか。

この静かな地域を夜中に出歩けば、目立つ。だからわざわざ畑を借り、言い訳できるようにしているのだ。だから警察も騙されたのではないか。

ふと赤い箱に目を留める。開けてみると、シャベル、鍬、レーキなどの農具や、液体と粉末の農薬が入っていた。

畑の状態にそぐわない、充実した道具類。やはり不自然だし、それに全てが凶器になりえる。あの時恐らく警察は、箱の中も見たはずだ。それでも連行しなかったのは、いったいどういうわけだろう。

警察に対する怒りと歯がゆさを感じながら、保奈美は道具箱を探った。もっと怪しいものは入っていないだろうか。血痕や人間の毛髪などがついているような——

そう期待しながら探したが、土と泥がこびりついた道具の他は、何もなかった。

——決め手が必要なのだ。

土埃にまみれた手を拭きつつ帰路につきながら、保奈美は思った。

——警察が動かざるを得ない証拠が欲しい。

明くる土曜日は開園と同時に薫を保育園に預け、蓼科のアパートに行くことにした。

長時間張り込むことも想定して延長保育を頼み、自宅には「単発で通訳の仕事が入りました。遅くなります。夕食は冷蔵庫の中」とメモを食卓に残しておいた。

物陰からそっと、アパートの様子をうかがう。ドアの脇にある窓は閉じられていたが、すり硝子越しに時折、人影が見えた。

保奈美は三十分ほど観察すると、ゆっくり歩いてアパートの先の角を曲がり、また次の角を曲がって一周した。同じところに留まっていると、怪しまれると思ったからだ。三十分ごとに、周辺を歩いては戻ってくることを繰り返す。アパートから、がなりたてるようなテレビの音が聞こえてくる。蓼科の部屋からなのかはわからない。今日は出かける予定はないのだろうか。とうに正午も過ぎ、二時近くになってしびれを切らしていたところ、やっと玄関のドアが開いて、蓼科が出てきた。

鍵をかける様子を、保奈美はじっと見守っていた。男の手元に蛍光ピンクのキーホルダーが揺れるのが、遠目にもわかった。

男が歩き出しても、はやる気持ちを抑えて数十秒待ち、それから見失わない程度の速度で歩く。そのまま男は、駅や県道へと向かう通りに出た。少しずつ人通りが多くなるので、紛れて尾行しやすい。

蓼科はファストフード店に入って行った。迷わず保奈美も店内に足を踏み入れる。この店は、いつも混み合っている。付近にファストフード店がないからか、いつも若者の溜まり場となっているのだ。特に今日のような土曜日の午後は、中高生に座席を占領されている。

蓼科は、レジに並ぶ列と座席を見比べると、先に座席を確保しに行った。なかなか見つからず、イライラとした様子で見回している。やっと見つかったのは、ゴミ箱の脇の、二人掛けの小さなテーブルだった。蓼科はすかさずポケットに入れていた煙草とライターを取り出し、テーブルに置くと、注文しにレジへと向かった。

その周辺の席は、全て埋まっている。なるべく近くに座って観察したかったが、保奈美は諦めるしかなかった。

外で待とうか。しかし、この店は出入り口が前後二か所ある。それなら注文に迷う振りをして、店内に留まっておくか——

あれこれ策を練っている時だった。

煙草の箱とライターの下に、蛍光ピンクの何かがのぞいていることに気が付いた。

——もしかして……鍵？

保奈美は、ごくりと唾を呑み込む。レジを振り向くと、蓼科はスマートフォンをいじりながら長い列に並んでいた。保奈美はもう一度、蓼科の確保している席に目をやる。ゴミ箱の陰で、レジからは見えない。保奈美は、決意した。

保奈美はコートのポケットから手袋を出してはめると、連れのような振りをして、ごく自然にその席に座った。隣のカップルらしき若い男女は、互いに夢中で、そばの中年女を気にもしていない。保奈美は煙草の箱を持ち上げ、中を見る振りをした。その下に、蛍光ピンクのキーホルダーをつけた鍵がある。

——やっぱり。

保奈美は素早く鍵を取ると、ポケットに仕舞った。そして煙草の箱を元通りに置き、席を立つ。数歩進んでから、そっと振り返った。隣にいたカップルは、顔をくっつけ合ったままだ。蓼科といえば、まだレジに並んでいる。誰にも気付かれていないことを確信した保奈美は、後方の出入り口から出た。

どきどきしていた。が、頭は冷静だった。自分のすべきことが、はっきりとわかっていた。

保奈美は駅前に急いだ。さほど開けているとは言えないが、ひと通りの店は揃っている。保奈美が目指したのは、靴修理「クイック・リペア」と看板のかかった店だった。

「合鍵を作りたいんですけど」

目立つ蛍光ピンクのキーホルダーを外して、保奈美は鍵を差し出した。無愛想な男主人は何も言わず、作業に取り掛かる。そわそわした気持ちで、合鍵が出来上がるのを待つ。今にも蓼科が追いかけてくるのではと、気が気ではなかった。

「五百円ね」

元の鍵と、合鍵の二本をカウンターに載せ、男主人が言った。もうできたのかと驚きつつ、保奈美は料金を支払い、店を後にした。

二本の鍵を握りしめ、保奈美は歩いた。完成したばかりの合鍵は、まだ機械の熱が残っているのか、温かかった。その温度に勇気づけられる気がしながら、保奈美はファストフード店に戻る。蓼科は、席に座ってハンバーガーにかじりついていた。鍵の紛失に気付いた様子はない。

キーホルダーを付け直した元の鍵を差し出し、保奈美はレジの店員に声をかけた。

「あの、これ、落とし物みたいです」

女性店員は「まあ、有難うございます」と受け取ると、すぐに店長の男を呼んだ。店長が早速、声を張り上げながら店内を回り始める。

「鍵を落とされた方はいらっしゃいませんか？」

食べていた客のほとんどが、はたと手を止め、バッグや服のポケットを探り始める。蓼科も例外ではなかった。ジャンパーのポケットやジーンズの尻ポケットなど、ひと通り探った後、「あ、俺だ」と手を挙げた。

「お客様、念のため、キーホルダーなどの特徴をお聞かせいただけますか？」

「ショッキングピンクの、イガイガみたいなやつ」

ぶっきらぼうに、蓼科が答える。虫酸《むしず》が走るような声だった。

「はい、どうぞ」店長は笑顔で鍵を渡すと、レジに戻った。

保奈美はほっと息をついた。あの男は、鍵を取られたことにも、まさか合鍵が作られたことにも気が付いてはいない。

裏をかいてやった気になり、保奈美は思わずにんまりとした。

今すぐにでも、アパートの中を探りたい。けれども、この店で食べた後、すぐに帰宅するかもしれないのだ。鉢合せだけは避けねばならない。

食事をすませた蓼科は、あくびをしながらスマートフォンをいじっていたが、おもむろに立ち上がるとゴミを捨て、店を出た。

しばらく歩くと、蓼科はガソリンスタンドに入っていった。給油スタッフに「おつかれっす」と言いながら店の奥に消える。

ここで働いているのだろうか。

少しすると、黄色い制服に着替えて蓼科が戻ってきた。ガソリンスタンドに入ってきた車を、早速誘導している。

ということは——

保奈美は、乾いた唇をなめた。

——今からしばらく、あいつは家を空けている……。

保奈美はガソリンスタンドを後にし、まっすぐ蓼科のアパートを目指した。

蓼科の部屋に入った。

カーテンの閉め切られた薄暗い部屋に、酒の臭いが充満していた。出しっぱなしの靴が乱雑に何足も転がる狭い三和土《たたき》から、中を見回す。六畳一間といった狭い部屋は、散らかり放題だった。三和土のすぐ横には、申し訳程度の台所。流しにカップラーメンの空き容器が積み重なっている。

勇気を出して、部屋に上がり込んだ。あちこちに転がる丸めたティッシュやスナック菓子の空き袋、雑誌、脱ぎ捨てられた服などをよけながら、部屋の真ん中に立つ。卓袱《ちゃぶ》台の上の灰皿には吸殻がこんもりと積み上げられ、その脇に半分ほど残った焼酎の瓶と、しばらく洗われていないような曇ったガラスのコップが置かれていた。

敷かれた布団は万年床なのだろう、枕カバーは垢じみていて、すえた臭いが漂っていた。布団の周りには、いかがわしい雑誌が何冊か無造作に置かれている。広げたままの雑誌のページには、正視に堪えないような、獣じみた性行為の写真がでかでかと載っていた。

汚らわしい。

気持ちの悪い部屋。一刻も早く立ち去りたかったが、そうはいかない。蓼科のことを、探りたかった。

保奈美は手袋をしたまま、押入れを開けた。くしゃくしゃに丸められた衣類や下着、雑誌やコミック、古い型式のゲーム機などが乱雑に積み上げられている。

動かした後でも元通りに戻せるように、保奈美はまず部屋の写真、そして押入れの中をスマートフォンで何枚も撮影した。それから腕まくりして、押入れの中を探り始める。

上の方から衣類を下ろすと、丸めたままのシーツや毛布が出てきた。その下には、段ボール箱がいくつも積まれていた。

ひとつ目の箱を漁《あさ》ると、ローラーブレードや古い携帯電話、デジタルカメラなどのがらくたが詰まっている。会員証などのカード類が、ガサッと落ちた。拾い上げてみると、古い学生証も交じっている。学生服を着た幼い蓼科の写真が貼ってあり、生年月日が記されていた。まだ、ほんの十九歳。しかしこのすさんだ部屋は、とてもその年頃の青年のものとは思えなかった。

保奈美は次々と、箱の中を調べていく。しかし結局、押入れの中からは、目ぼしいものは見つからなかった。保奈美は、もう一度部屋を見回す。押入れ以外、収納らしい収納はない。床には雑多なものが散らばっているだけだ。

保奈美の視線が、台所でとまる。

もしかしたら――

足元に注意しながら、台所へと行く。一畳ほどの、粗末な板張りの空間。汚い流しの下に、観音開きの収納スペースがあった。開けてみる。

写真アルバムが一冊と、無地の背表紙にDVD‐Rと印字されたケースが五枚、きちんと立てて並べられていた。乱雑で不潔な男が、この一か所だけを整理整頓している。きっと蓼科の秘密に関わるものだと、保奈美は直感した。

アルバムを手に取って、開いてみた。台紙は加除式になっていて、各ページに普通サイズの写真が二枚ずつ収められるようになっている。

どの写真にも、女の子が写っていた。ポーズを取って写っているのではなく、歩いていたり買い物している様子が撮影されている。おそらく本人たちは、写真を撮られたことに気付いていない。中高生なのか制服を着た子や私服姿の子など、さまざまだった。スカートの中がぎりぎり見えそうな、きわどい写真も何枚もあった。デジカメで撮ったものを自宅用のプリンタで出力したのだろう。

保奈美は眉をひそめながら、ページをめくっていった。その手が、ビクッと止まる。

娘が、写っていた。

頭が、真っ白になる。

大切な娘の写真が、こんな汚い男の手に――

隠し撮りなのか、友達と楽しそうに笑い合っている。

吐き気をこらえながらアルバムを閉じ、震える手をDVDケースに伸ばした。女の子たちの写真と共に大事に保管されているＤＶＤには、いったい何が映っているのか。なんだか嫌な予感がした。一枚のＤＶＤを手に、テレビに近づく。プレーヤーの電源を入れてセットし、再生を押すと、テレビ画面にぱっと肌色のものが映った。

　それが女の裸体であると理解するのに、時間はかからなかった。まだ幼さの残る体つきをした見知らぬ女性は、やはり裸でいる男に組み敷かれていた。手を縛られ、口には猿轡《さるぐつわ》をはめられ、それでも必死に抵抗しようとしていた。制作されたアダルトビデオではないことは、その切羽詰まった異常さからわかった。

　画面に映っている男は、蓼科秀樹だった。髪型が違い、顔つきも少々あどけないが、本人に間違いなかった。

　女の子の両目からは涙が溢れ、暴力を振るわれたのか、体は汗と血でぬらぬらし、細かい傷に覆われていた。女の子がもがきながら、縛られた手で、蓼科の肩を打つ。すぐに蓼科は、平手で女の子の頬を張って反撃した。

　そして蓼科は、こちらを——カメラの方を——指さした。涙で濡れた女の子の両目が、おののいたように見開かれる。絶望したような女の子の表情に、さも可笑しそうに、また満足したように笑いながら、蓼科は再び女の子を蹂躙《じゅうりん》し始めた。

　テレビの前で、保奈美は震えていた。全身の血の気が引き、髪の先まで真っ白になったのではないかと思うような衝撃に打ちのめされていた。

画面の女の子の顔が、保奈美の目には、娘の顔に重なって見えた。悲鳴が、娘の絶叫に聞こえた。

耐え切れずに、テレビの電源を切る。しかし画面が暗転しても、保奈美の脳裏には、蓼科の残忍な笑顔や、見知らぬ女の子の恐怖に引きつった顔、血と傷だらけの体が焼き付いている。

可哀想に、可哀想に。

口に手を当てて声を押し殺しながら、保奈美は嗚咽《おえつ》した。涙が溢れて止まらなかった。どんなに怖かっただろう。どんなに悔しかっただろう……。この後、この子はいったいどうしたのだろう。女性としての尊厳を奪われ、心を殺され、どこでどうやって、今を生きているのだろう。

どうかどうか、無事でいて。そして、幸せになっていてほしい——

保奈美は背中を丸め、涙を流しながら、心から祈った。

鬼畜だ。

やっぱりこの男は、鬼畜なのだ。

保奈美は迷わずスマートフォンを握った。一刻も早く、警察に捕まえさせなくてはならない。このＤＶＤが決め手になる。由紀夫ちゃん事件の証拠にはならないが、立派な強姦の証拠なのだ。これさえあれば蓼科は逮捕され、娘を守ることができる——

通報しかけたが、ふと逡巡する。

強姦された過去を忘れようと今なお必死にあがいているであろう女性たちに、おぞましい記憶を甦らせていいのだろうか。通報することが、彼女たちの今の生活を壊すことになりはしないか。もしかしたら結婚した子もいるかもしれない……。

それに、たとえ事件にできて逮捕されても、この男は再び社会に戻ってくる。

気落ちしたように、保奈美はスマートフォンをしまった。

娘の写真を見つけたことで気が動転していたが、ここは慎重にならなければいけない。このDVDを、被害者の子のためにも、有効に利用する使命が自分にはある。それに冷静になって考えてみれば、通報すれば鍵を盗んで合鍵を作り、不法侵入したことも話さないわけにはいかなくなる。

確実に、そして安全に蓼科を仕留める方法を、考えるのだ。

保奈美は心をやっと落ち着かせると、DVDを流しの下に仕舞った。娘の写真のことが頭をよぎる。アルバムから抜いておきたい衝動に駆られたが、侵入したことを蓼科に勘付かれては元も子もない。さんざん迷った末、そのまま置いておくことにした。

押入れから取り出したものを片づけ終えると、玄関ドア脇の窓から誰もいないことを確認し、外へ出た。鍵をしっかりと締め、家に向かって歩き出す。

娘は必ず、わたしが守ってみせる。

そして、これ以上犠牲者を出させはしない。

すでに二人目の子供が殺されているという可能性は、この時の保奈美には、少しも思い浮かばなかった。

14

藍出市幼児連続殺害事件捜査本部。

日曜日の朝、藍出署内の講堂入り口に貼られた紙が替えられるのを、坂口は苦々しい気持ちで眺めていた。「藍出市幼児殺害事件」から「藍出市幼児連続殺害事件」となってしまったのだ。

新たな幼児の遺体が発見されたのは、今朝未明である。母親から息子がいなくなったという通報を受けて、近くを捜していた警察官の一人が発見した。解体途中の病院跡地に遺棄されていた。遺体は洗浄され、希釈された酸素系漂白剤で拭かれており、また性器が同じように損壊されていた。同一犯とみて間違いないという見解だった。

二人目の犠牲者を出してしまったことは、痛恨の極みだ。マスコミも察知して集まり始めている。だから朝から異例の招集がかけられ、緊急の捜査会議が開かれることになったのだった。

「三本木《さんぼんぎ》聡《さとし》ちゃん、遺体で発見されたって本当ですか？」

真っ青な顔をして、谷崎が階段を上がってきた。メイクもせず、髪もとかさず、連絡を受けて急いで駆けつけたといった風情だった。

「ああ」

坂口は苦々しく答える。

「――悔しい！」

谷崎が、壁を蹴った。昨日の夕方に、聡の母親、三本木那奈《なな》から、息子がいないという通報を受けた。藍出署員がすぐに捜索に出た。当然、坂口や谷崎の携帯電話にも聡ちゃんの写真画像と共に情報が送られてきたので、聞き込みで回りながら目を光らせていたのである。

捜査の舵が由紀夫ちゃんの父親犯人説に切られつつある中、坂口と谷崎は、あえて意識的に父親以外が犯人である可能性を前提に聞き込みをしてきた。決して真犯人を逃すまいという執念からだったが、二人とも心のどこかでは、父親であってほしいと願っていた。犯人が父親ならば、すでにほぼ手中にある。監視もつけている。つまり、これ以上新たな犯罪は起こらないからだ。

しかし、こうしていざ父親犯人説が根底からひっくり返され、しかも新たな事件を防げなかったとなると、ダメージは大きい。

「それに、あの、本当なんでしょうか？　今回の遺体は――」

谷崎が血の気のない唇を開こうとした時、「おい、始めるぞ」と講堂の中から声がかかった。刑事たちは、一様に悔しさをにじませた顔をして、席につく。

「知っての通り、昨日から行方不明になっていた三本木聡ちゃんが、遺体で発見された」

苦り切った表情で、里田がマイクを握った。

「場所は白田《しろた》病院の跡地。――ここだ」

スクリーンに映し出された地図に、赤い印がつけてある。

「発見時間は本日午前一時。聡ちゃんが最後に目撃されたのが昨日の朝九時過ぎで、死亡推定時刻は昨日午後二時から四時。鑑識、遺体の状態について頼む」

鑑識係が立ち上がった。

「遺体は全裸で、由紀夫ちゃんと同様、入念に洗浄された後、酸素系漂白剤で拭かれていました。殺害方法も同じ、頸椎の圧迫です。指の痕、また紐や縄などの索状痕《さくじょうこん》もみられないことから、背後から腕で圧迫したのだと思われます。また、性器も同じように切り落とされており、断面が一致――つまり同じ種類の刃物、カミソリを用いたと考えられます。これらのことから、同一犯とみて間違いないと判断しました。ただ、前回の由紀夫ちゃんの時と、大きく異なる点がありまして……」

鑑識の男はそこで言葉を切り、陰鬱な面持ちで、前方の画面に写真を表示した。谷崎が小さく「やっぱり本当だったんだ」と震える声で呟いた。

「今回は、指が切り落とされておりました。手の指、十本、全部です。性器と同じように、殺害してから損壊が行われた模様です」

「ずいぶん、スパッと切ってあるな」

里田が口を挟む。

「ええ、そうなんです」

鑑識が、画像を拡大した。

「骨も、きれいに切れています。断面を見る限り、押したり引いたりした痕がないことから、メスのような医療用器具や、ノコギリ状のものとは考えられません。非常に鋭利かつ、ある程度の厚みのある刃物で、一気に振り下ろして切ったようです。子供の指は大人と比べて細いですし、一般家庭にある中華包丁のようなものでも充分用は足ります。現在、詳しいメーカーなどを割り出し中です」

想像しただけで胸が悪くなり、犯人に対する怒りが湧いてくる。

「ということは、性器を切断したものと、指に使われたものは、別々の凶器というわけだな?」

里田が言った。淡々と会議を進行してはいるが、赤い目尻には、犯人への怒りが滲んでいる。

「そういうことになりますね。性器はカミソリのようなもので、押し引きして切られています」

谷崎は鑑識の言葉にひとり頷きながら、手帳に『性器―カミソリ　指―中華包丁など?』と書き込んでいる。

「殺害されたとされる時間帯だが……矢口由紀夫ちゃんの両親は、この藍出署にいたんだよな」

里田が、担当者に確認を取る。

「はい。我々が、じかに対応しておりました。よって、矢口由紀夫ちゃんの父親はシロということになります」

重苦しいため息が、あちこちから漏れる。

犯人は、他にいる。

どこかで、警察を嘲笑《あざわら》っている――

そんな想像が、刑事たちの心を駆け巡った。

「振り出しに戻る、か……」

後ろの方で、誰かがぽつりと呟いた。

振り出しどころじゃない。新たな犠牲者が出ている。唯一の救いは、任意ででも父親を引っ張らなかったことだ。

各担当者が、それぞれの捜査報告を始める。谷崎と坂口の順番が来て、坂口は立ち上がった。

進捗状況をひと通り報告した後、坂口は「ちょっと昨日、思い至ったことがあるのですが」と付け加えた。

「子供と犯人の接点を考えると、習い事などが考えられます。由紀夫ちゃんは通っていなかったとのことでしたが、聡ちゃんはどうでしょうか」

「母親の話では、幼稚園以外、行っていなかったらしい」

「どこかに見学や体験教室、試合観戦や発表会などへ行ったことがないか、由紀夫ちゃんのご両親と併せて聞いてみてはどうかと思っています」

「なるほど、見学や体験教室か。そういう繋がりもあるかもしれんな。今井《いまい》と谷部《やべ》、その線を踏まえて、聡ちゃんの母親に聞いてみてくれ。由紀夫ちゃんの方も頼む」

里田が、それぞれの担当者に指示を出した。

「係長、あともうひとつよろしいでしょうか」

坂口が続ける。

「今回も聡ちゃんが忽然《こつぜん》と消えたことを鑑《かんが》みますと、拉致には車など目立つものではなく、もっと小回りがきき、周囲に溶け込むものが手段として使われたのではないかと。

例えば剣道の防具袋とか」

「防具袋？」

講堂のあちこちから、意外そうな声が聞こえる。

「ええ。今はキャスター付きのものなどもあります」

「確かに、幼児一人くらいなら入るな」

里田が認めると、他の捜査員が手を挙げた。

「ゴルフバッグも考えられそうですね」

「登山やトレッキング用のバックパックなども、かなり大きいです」

他の者も発言する。坂口は頷いて、先を続けた。

「また、大きな箱やスーツケースであれば『大きな荷物』として認識しますが、それらのものだと違和感なく見逃してしまいがちです。ですから近隣のスポーツ用品店やインターネット通販業者に当たって、最近購入した人間がいないか当たってみたいのです」

「近隣だと、スポーツ用品店はどのあたりに何軒ほどある？」

「調べてみました。藍出市内ですと五軒。被害者二人の自宅近隣では、藍出駅前に一軒。県道沿いに一軒。通販の利用者が増えているのか、その二軒だけです」

里田は、スクリーンに映し出された地図を見た。

「わかった。そこまで調べてるのなら、その二軒は君らに任せる。市内の他の店と通販の方は、新たに人員を割こう。また、そのことも踏まえて、防犯カメラの画像解析を進めることにする。聞き込みの時も、スポーツ系のバッグを持っていた人物を見かけなかったか、また持っている人物に心当たりがないか、重点的に聞くようにしてくれ。坂口くん、新しい切り口に感謝する」

「谷崎くんのお陰ですよ」

着席しながら坂口は言い、谷崎を励ますように頷きかけた。

早速、坂口と谷崎は一軒目のスポーツ用品店へと向かった。

「どうして性器の切断に使った凶器と、指に使った凶器が違うんでしょうか」

歩きながら、谷崎が疑問を投げかける。

「そりゃあ、骨を断ちやすいようにだろうな。性器には、骨はないだろ？」

「さっき、ちょっと調べてみたんですが」

谷崎が、スマートフォンの画面を坂口に差し出す。陰茎の断面図が表示されていた。

「骨がないとはいえ、陰茎には白膜という強靱な膜があり、それをさらに二種類の筋膜が包んでいます。男児の性器とはいえ切りづらかったはずで、実際、押したり引いたりした痕があるんですよね？　それはつまり、切断に苦戦したってことです。指をスパッときれいに切れる凶器を使っていたのなら、どうして性器にも同じものを使わなかったのか、不思議です」

「うーむ、確かにな」

坂口がスマートフォンを谷崎に返す。

「性器には、特別なこだわりがあるんだろうか」

「そもそも、今回はなぜ指も切断したのでしょう。性器の場合は、病的な執着があり、戦利品のつもりかと思いましたが、指にはどんな意味が？」

「指にも執着があるのかもしれんぞ」

「指と性器を切り落として、性的な興奮をするってことか」谷崎がため息をつく。「いったい、どんな奴なんでしょうかねえ」

『――情報を総合しますと、性的に抑圧され、非常に屈折した人物だと考えられます』

突然返ってきた答えに、思わず坂口と谷崎は足を止める。電器店の入り口近くに置かれた、デモ用のテレビがワイドショーを流していたのだ。二十六インチの画面に、白髪の男性が映っている。テロップに「犯罪心理学博士 湯浅典彦《ゆあさのりひこ》」とあった。

『また、性器を切り取って持ち帰るという猟奇性は、第二次性徴の発現前――つまり、陰毛が生えたり性器が発達する前の幼い性器への異常なまでの憧れ、また固執に繋がっていると考えられます。このことから、犯人は幼い頃に性的虐待を受けたことのある男性ではないかと想像します。また、殺害後に暴行に及んでいることから、屍体愛好者《ネクロフィリア》であることは明らかです』

「性的トラウマを抱えた屍体愛好者《ネクロフィリア》か」

ひと通り聞き終わった後、再び歩き出す。

「まだ、指のことまでは情報を出してないんですね」

「のようだな」

「結局、これまでの小児性愛者による事件の犯人と似たような奴ってことなんでしょうか」

「そういう可能性は高いな」

あと少しで目的地というところで、踏切の遮断機が閉まった。赤く点滅する警報機を眺めながら、谷崎が言う。

「でもなんだか……この事件、引っかかるんですよね。二極性っていうか……うーん、ちぐはぐな感じ」

「二極性？　ちぐはぐ？」

「ええ。確かに小児性愛者で、異常な執着があるように感じると同時に、どこかこう、激しい憎しみも感じるというか」

「そりゃあ、殺害も損壊もしてるしな」

「だけど、その一方で、愛情が見え隠れするんです」

「愛情？　執着じゃなくてか？」

「ええ。遺体の扱い方が優しいっていうか」

「優しい？　あれが？」

「なんというか……女性的な、包むような優しさです」

「いったいどこにどう、そんなものがある」

「由紀夫ちゃんの遺体は、現場の土などに汚れないように段ボールの上にきちんと乗せられていて、お布団のように上からも被せられていました。そして聡ちゃんも、やはり下に段ボールが敷いてあって、ビニールシートがかけられていた。そして、段ボールのフラップ部分が重なってて、それがちょうど頭の下になるように、二人とも置かれてたんです」

「フラップ部分？　蓋になる部分ってことか？」

「そうです。段ボールをぺたんこにする時、コンパクトにしたければフラップを折り曲げて重ねます。だからそこだけ、二重になる感じで、その部分に頭を乗せられてたんです。そこだけちょっと高くなるから、枕みたいだなって思ったんです。偶然そうなっただけかもしれませんけど」

「わざわざ折って高くしたならまだしも、もともと折れるところだろ？　まあともかく、そこに愛情を感じたって？」

「なんとなく。それに二極性でいえば、性器と指の凶器についてもそうです。どうしてわざわざ、違う種類のものを？　しかもカミソリと中華包丁なんて、正反対じゃないですか」

「うーん」坂口は、頭を掻いた。「俺はこれまで、多種多様な現場を見てきた。同一犯でもたくさんの凶器を使って、色々な殺害方法を試してあったりな。それこそ、二極性とかちぐはぐとかどころじゃない」

「そっか……わたしがまだ現場経験が少ないから、気になるだけなのかな」

谷崎のスマートフォンが鳴った。

「そろそろマナーにしとけよ」

「すみません」スマートフォンを取り出して着信画面を見た谷崎が、眉をひそめた。

「どうした」

答える代わりに、坂口に画面を見せる。例の通報者の女性だった。

「俺が出ようか？」

「大丈夫です。もしもし、谷崎でございます。――こちらこそお世話になっております。……ええ、そうです、新たに犠牲者が……はい」

苦情の電話だろうか、と坂口は心の中でため息をついた。事件が起こると、警察の怠慢だとクレームが来ることがある。

「――え？　犯行を目撃した？」

声をうわずらせ、谷崎が急いでポケットから手帳とペンを取り出した。坂口も、スマートフォンに耳をくっつける。

「詳しくお聞かせ願えますか」

――昨日の午後二時頃、あの白いジャンパーの男が、男の子の手を引いて歩いてました。怪しいと思ってついていくと、白田病院まで行って、首を絞めて殺しました。

「同一人物ということで間違いありませんか？」

――ええ、間違いありません。今度こそ逮捕してくださいますね？

谷崎と坂口は、顔を見合わせる。同じ男ということは、蓼科秀樹ということだ。

蓼科のアリバイは、担当者によってすでに確認されていた。彼は昨日の午後二時頃、ファストフード店に立ち寄り、四十分ほど滞在した。鍵を落としたそうで、店員たちの印象に残っていた。飲食後は徒歩でアルバイト先のガソリンスタンドに向かい、三時から夜中まで勤務している。ファストフード店からスタンドまでは空白の時間だが、遺棄現場である白田病院が離れていることから、殺害し、暴行し、死体の処理をするには無理があるとして、アリバイが成立していたのだった。

もしもこの電話が真実であるなら、考えられることは二つ。先日の不審者と同一人物――蓼科秀樹――ではない。または、目撃した時間帯が違う。

「もう一度確認させていただきます。昨日土曜日の午後二時頃、ということですね？」

——そうです。

谷崎は坂口を見て、首を横に振る。午後二時であれば、蓼科ではありえない。

——それにね、あの、重大な情報があるんです。

相手の声が、さらに深刻味を帯びる。

——実はあの男、蓼科秀樹っていうんです。強姦魔なんです。

坂口と谷崎は、ぎょっとして目を合わせる。

——危険な男なんです。こんな残虐なことをするのは、あいつしかいません。だから今すぐ逮捕してください。お願いします。

谷崎が、窺うように坂口を見る。坂口は頷いた。

「その情報も、こちらでは把握しております。しかし——」

電話の向こうで、相手が息を呑んだ。

——警察は……知ってたんですか？　知ってて、野放しにしてるんですか？

「いえ、そうではなくて、ちゃんと裏付けを取った上でですね……」

——なぜ捕まえないんですか？

「我々の方でも捜査を進めております。その上で、現時点ではその段階にないと判断いたしました」

――でも。

間髪を容れず、相手は食い下がってくる。

――でも殺害した後、何かを埋めてたみたいなんです。近くの市民農園に。だからそこを捜索してください。きっとそこから証拠が――

「わかりました。こちらの方でも調べてみます。あの、お聞きしたいことが一点あるのですが、よろしいでしょうか」

――ええ、どうぞ。

堂々とした声が、スピーカーを通して聞こえる。

「本当に、その男が首を絞めているところを目撃されたんですね？」

――ですから、何度もそう言ったじゃありませんか。

「それではなぜ、その時に通報なさらなかったのですか？」

相手が黙り込んだ。

――それは……。

気まずそうに口ごもる。

――だって、よく見えませんでしたから。もしも違ったら、困りますし。

途端に歯切れが悪くなる。坂口は、やれやれと頭を振った。

目撃など、していないのだ。おおかた、ニュースを見て、死亡推定時刻と遺体遺棄の場所を知り、どうしてもあの男を犯人にしたくて電話してきたに違いない。

「ということは、はっきりご覧になったわけではない、ということですね？」

――……そうね、そうかもしれないわ。

それまでの粘りはどこへやら、相手はそそくさと電話を切った。

「ご苦労様」坂口がねぎらう。「いやしかし、びっくりしたな」

「ええ。だけどどうして蓼科だってわかったんでしょう」

「近所で噂になってるのかもしれんな。未成年でも、インターネットで写真や本名が出回る時代だ。主婦のネットワークも、あなどれんよ」

「不審に思った男が実は強姦魔だったとわかれば、一般の人は今回の犯人だと決めつけてしまうかもしれませんね」

「だから目撃もしていないのに、情報を繋ぎ合わせて電話をかけてきた。まあ、こういう通報は多い。今頃、署の電話はじゃんじゃん鳴ってるぞ」

「本物の情報かと思って、ものすごく期待したのに」

谷崎が残念そうに手帳を仕舞うと、二人はスポーツ用品店へと急いだ。

一軒目のスポーツ用品店に入り、事情を説明すると、店主はあまりいい顔をしなかった。

「そりゃもちろん協力はしたいけど、個人情報だからねえ。うちの顧客リストを元に警察が連絡した、なんてなったら、お客様に迷惑をかけちゃうよ」

「いえ、全てのリストを頂こうというわけではなく、防具袋やゴルフバッグなど、大きな袋を買った方がいたら、教えていただきたいのです」

「しかしねえ、うちのお客さんで怪しい人なんていないよ？」

ぶつぶつ言いながらも、店主は帳簿を出してきた。老年の店主は、パソコンで顧客管理をしていないらしい。

「まあ、防具袋もゴルフバッグも、毎日売れるもんじゃないけどさ。どれくらい前まで遡ればいいの？」

「そうですね、半年ほど」

「半年ぃ？」

老眼鏡をかけ直して、店主は帳簿を広げる。

「あ」じっくりと注文票を確認していた谷崎が、数ページ進んだところで声をあげた。

「これ見てください」

伝票には、田中真琴、と書かれていた。品物は防具袋。注文日は三週間前。引き渡し日は、先週の土曜日——由紀夫ちゃんが拉致され、殺害された日だ。

「田中くんの防具袋は、使い込まれた感じだったけどな」

坂口が言う。

「そうですね。わたしたちが見たのは、防具の詰まった、使用感のある防具袋でした。つまり田中さんは、もうひとつ防具袋を持っている」

まるでそこに重要な答えが隠されているとでもいうように、谷崎は伝票の上をすっと撫でた。

「そしてこの日は、引き取ったばかりで新品の、空っぽの袋を持っていた……」

二人の頭の中で、何かがぼんやりと形を作りつつあった。

15

月曜日の放課後。教室では、担任教師の佐藤《さとう》と、真琴と母が向かい合って座っていた。

「国公立の理系コースを志望、ということですね」

「はい。よろしくお願いします」

保護者も交えた、進路面談の日である。

「だいたいの目標大学は決めてるのか？」

佐藤の口調が、真琴に対しては親しげになる。

「あ、いや……まあ東京近郊であれば」

「まあ、田中ならかなり上を狙えると思う」佐藤が、生徒の成績や模試の結果が綴《と》じられたファイルをめくる。「国公立の医療系は理科の発展科目が必須だが、田中は得意だしな。特に生物は好きなんだろ?」

「はあ」

「正直、俺は田中の進路の心配はほとんどしてない。お前はよくできるし、しっかりしてるし、努力家だから」

佐藤が、からかうように褒めちぎる。しかし真琴はぼんやりとただ机を見つめていた。

「真琴?」

母に膝を小突かれて、真琴ははっと顔を上げる。

「どうした、珍しいな、ぼうっとするなんて」

「あ……いや別に」

「いやあね、自分の進路のことなのに」

母も苦笑いする。

「すみません。何でしたっけ」

「誉めていただいてたのよ、あなたのこと。よくできるし、しっかりしてるって」

「そうだ。鬼のサトセンと呼ばれる俺が褒めたんだぞ。聞き逃して残念だな」

大きな口を開けて佐藤が笑った。

普段の真琴なら、一緒に笑うなり、悪乗りなりするところだ。何せ、佐藤のことを鬼と呼び出したのは真琴だ。しかし憎めない口調で、親しみを込めて本人の目の前で言うので、佐藤自身も気に入っているようだった。生徒と教師の距離が開きがちなご時世、生徒に畏《おそ》れられつつ、いじられることは貴重なのだ。

「どうも……ありがとうございます」

それなのに、真琴は無表情で、ぼそぼそと返すのが精一杯だった。

「なんだなんだ、らしくないな。どうした？　何かあったのか」

少し心配そうに、佐藤が顔を覗き込む。

「いや、別に何でもないです。ちょっとぼんやりしちゃって」

真琴は慌てて微笑を取り繕《つくろ》い、首を横に振った。

「もう、真琴ったら。他人事みたいに。一生が決まる大切なことなのよ」

母が呆れたような口調でたしなめる。

「まあまあお母さん、これで全てが決定してしまう、だなんて考えんでください。あまり追い詰めると、受験ノイローゼになっちゃいますしね。それに、この面談のメイン事項は、あくまでも三年次のコースを決めるってことなんで。しかも田中の場合は国公立コースだから、もしもの場合でも私大コースへは移行しやすい。そんなに心配しなくて大丈夫ですよ」

佐藤が穏やかに母を制した。

「看護系の学部狙いというのも、しっかり将来を見据えた選択で、田中らしいなと思いましたよ」

「なぜだか、突然看護師を目指すとか言い出しましてね、驚きましたけど、本人に思うところがあったんでしょうね」

そこから、佐藤と母の会話が広がっていった。再び、真琴は心ここにあらずになる。二人の言葉に耳を傾けている振りをするのがやっとだった。

真琴の頭は、三本木聡の遺体に残してしまった証拠のことでいっぱいだった。気付かないうちに、頬を引っ掻かれていた。男児の爪の間には、捜査の手を真琴へと導く皮膚や血液が残っているかもしれない。

そのことに気付き、咄嗟に真琴は部活を抜け出した。母から電話だと適当な理由をつけ、部室で道着を脱ぎ、Tシャツにジャージ姿で校門を出た。漂白剤は、体育館のトイレにあったものをバッグに入れた。

しかし、走りながら気がついた。廃病院へは、全速力で走れば二十分ほど。往復時間と処理する時間を入れれば、一時間も部活に穴をあけることになる。いつもならそれがどれほど不自然なことか簡単にわかるのに、決定的な証拠を残してしまったパニックで、冷静に判断できなかった。

――どうしよう、今から戻って、早退にしようか。

そう迷い始めた矢先、真琴の視界の先に、複数の警察官が見えた。真琴は思わず立ち止まる。警察官は、何かを――いや、誰かを――捜すように、鋭い目つきを辺りに投げながら、歩いていた。

――さとしが失踪したことは、もう警察の耳に入っている。

真琴はそう直感した。

このように捜索しているということは、きっと遺体は見つかっていない。しかし警察が廃病院に目をつけるのは時間の問題だろう。いや、それとも、すでに遺体は発見され、今はまだ近くにいるかもしれない犯人を捜しているのか？

全力で走ってきたことと激しい動揺とで、真琴の心臓は痛いほど激しく打っていた。その狂おしいほどに速い鼓動と連動するように、脳が回転する。けれどもどう考えても、この状況で廃病院に戻るのは、みすみす自分が犯人だと宣言するようなものだった。

心の中で舌打ちし、警察官に見られる前に、真琴は踵《きびす》を返した。学校へと走って戻りながら、もう終わりかもしれない、という絶望が胸に広がる。

真琴のＤＮＡは、サンズマートの店長や従業員のものと共に警察に提出されている。もしも爪の間から皮膚や血液が採取されれば、すぐに身元は判明してしまうだろう。

しかし今の自分には、何もできることはない。

あの時の洗浄と清拭《せいしき》が充分であったことを祈るだけだ――

そして日曜日の朝、テレビのニュースで三本木聡の遺体が発見されたと流れた時は、足元が砂となり、さらさらと音を立てて崩れ落ちていく感覚に襲われた。その日は、バイト先でもその話題で持ちきりだった。サンズマートのスタッフは、店長を始め、全員が二人目の犠牲者のことで胸を痛めていた。

「頭がおかしいんだよ、犯人は」店長は特に激昂していた。「こんな小さい子、しかも男の子を性のはけ口にしてさ。挙句に殺害までして。最低だよ。人間の屑《くず》だ」

パート従業員も口調を荒くする。

「本当に気持ちが悪いったら。どんなツラしてんだろうね。あたしが殺してやりたいよ」

真琴はできるだけ会話に加わらないようにしながら、その日をやり過ごした。何度か小さなミスもしてしまった。今にも、振り向けば刑事が立っているのではないか。そんなことばかりが頭に浮かんだ。ちびっこ剣道クラブで教えていても、集中できなかった。

「ねえ、うちにもさ、刑事が来たりした？」

帰宅してから、夕食の席で母に聞いてみた。

「刑事？　なんで？」

母は、毎週欠かさず見ているテレビドラマから目を離さない。

「最近、この辺で事件多いじゃん。聞き込みとか、来るのかなと思って」

「さあ。うちには来てないけど。ちょっと離れてるからじゃない？」

そこで会話は終わったが、真琴は少しほっとした。とにかく、今の時点では大丈夫。それだけでも、救いだった。

きっと、爪の間からは何も検出されなかったのだ。とにかく、もうこれ以上、殺さない方がいい。捕まってしまっては元も子もない。今は大人しくしておこう。そうすれば大丈夫だ――

そう言い聞かせながら月曜日にはいつも通り登校し、普通に友達と過ごそうとした。けれども、捜査が急展開しているのではないかと、ずっと不安は消えなかった。

進路など、将来など、もう自分にはないのかもしれない――

重苦しい気分で一日授業を受け、この面談に臨んだのであった。

「まあ、そんなわけで」

佐藤の野太い声で、真琴は我に返った。

「ご両親にもご理解いただいているんだったら、何よりです。いやあ、面談がスムーズに進んで良かったですよ。親子間で意見が食い違うままこの場に来て、目の前で親子喧《げん》嘩《か》を始める方も多いんですよ。いやホント」

「いいえ、先生方のご指導がよろしいんですわ」

母がそつなく返す。母は大らかで朗《ほが》らかだ。和気あいあいとした雰囲気の中で、進路面談は終了した。

「この後どうする、一緒に帰れるの？　どこかでお茶でもしよっか」

母は歩きにくそうに、来客用の緑色のスリッパで廊下を進んだ。

「今日、バイト」

「あら、そうなの？　あんまり無理しちゃダメよ。そろそろ受験の方に本腰入れなくちゃ」

「わかってる」

「あ、じゃあサンズに寄ってこうかな。今日、お肉の特売日じゃなかった？」

「だから、バイト中に来るのやめてってば！」

真琴は、仕事をしている時に身内に来られると気になってしまう方だ。だから父にも母にも、シフトに入っている時間を外して買い物をするよう、普段から頼んでいる。それでも時折、母がわざと「行こうかな」と言い、真琴が「いやだって」と慌てるやりとりをする。しかし今日は、つい語気がきつくなった。焦りと苛立ちが、抑えられない。

「やあね、何よ、冗談じゃない」

母が困ったように笑う。

「どうしたの。何かあったの？」

「……なんもないって」

その時、「真琴！」と遠くから呼ばれた。声の方向を見ると、桃子が面談室へ向かいながら手を振っている。隣にいる桃子の母親が、こちらに向かって会釈した。「ああ、どうも」と母も軽く頭を下げる。桃子と母親は、そのまま面談室へと入って行った。

「桃子ちゃんの面談も、今日だったのねえ。ちょっと見ないうちに、大人っぽくなったわ。髪が伸びたからかしら。前にうちに来た時、肩までの長さくらいじゃなかった？桃子ちゃんは、なんのコースにしたのかしらね」

「同じだよ、国公立」

「まあ、そうだったの。てっきり私学かと思ってた。もしかして、真琴の影響？」

「……そうかも」

「仲がいいものね、あなたたち。桃子ちゃんのママも、真琴のお陰でよく勉強するようになったって、喜んでたわ。いつか後を継いでほしいんですって。自然食品の会社を経営なさってるでしょう、すごいわあ。でも今日はわざわざお休みを取られたのね。仕事をこなしながらも、いつも子供が最優先。母親の鑑《かがみ》よねえ」

母が感心したようにため息をつく。けれども真琴は無視を決め込んだ。

「お母さんも一応、仕事と子育てを上手に両立してるつもりなんだけどなあ。真琴にそんな態度取られると、自信失くしちゃうなあ」

気を引くように言いながら、ちらりと真琴を見る。

「いや、だから別に……」はあ、と真琴はため息をついた。「……きつい言い方して、ゴメン」

うふふ、と母が笑う。

「まあ、いいんだけどね。真琴が、何かに悩んだりしてるんじゃなければ」

母の、愛情を含んだ温かな声。真琴は唇を噛んで、それを聞いていた。

真琴が捕まってしまったら──真琴のしたことが明るみに出てしまったら、この優しい母はどうするだろう?

「だからね真琴、何かあったら、遠慮なくお母さんに相談してほしいの。母親は、いつでも子供の味方なんだから。真琴にも、わかるでしょう?」

真琴は余計に顔を上げられなくなった。母の顔を、正面から見る自信がない──

「じゃあ、先に帰ってるから。ね?」

母は愛おしげに、真琴の手を両手で柔らかく包み込んだ。

すでに男児二人の命を奪った、真琴の手を。

母を見送った後、真琴は部室に寄った。進路面談の日なので、部活はない。バイトまでの時間、少し一人になりたかった。

ドアを開ける。誰もいない部室は、ひっそりとした空気に包まれていた。部室の中央に置いてあるベンチに腰を下ろすと、窓から差し込む光に埃が舞って見えた。

もしかしたら、もうすぐこの部室ともお別れになる。普通の高校生活、平和な家庭――それらのものを、近いうちに失ってしまうのかもしれない……。真琴は、大きく息を吐き出しながら、頭を抱えた。

ポケットに入れたスマートフォンが震える。取り出してみると、母からメールが入っていた。

『さっきは出しゃばってゴメンね。真琴が幸せでいてくれれば、それでいいから』

何気ないメールなのに、真琴の目に熱い滴《しずく》が湧いてきた。無人の部室で、しばらく真琴は涙が流れるままに任せた。それからニュースを検索し始める。これまでは、あえて検索するのを避けていた。けれども今はとにかく、詳細な情報を知りたかった。

藍出市　幼児　殺害

検索ワードを入れると、ずらりと画面に結果が並んだ。ショッキングな見出しに、真琴は息を呑む。

『今度は指も切断　藍出市幼児連続殺害事件』

――どういうこと？

真琴は震える指で、ひとつをタップした。画面が展開し、記事が開かれる。

『2人目の犠牲者となった三本木聡ちゃん（5）は、市内の白田病院跡地で遺体となって発見された。警察は、矢口由紀夫ちゃん事件の犯人と同一と見て、捜査を進めている。遺体は全裸で、暴行された痕跡があり、また性器及び手の指10本が切断されていた』

指が切り落とされている。

つまり、真琴の皮膚片や血液の入り込んだ爪は、発見されることはない——

急に全身の力が抜け、ぐったりとベンチに背を預ける。

よかった。

今回も切り抜けられる。

しかし当然の疑問が頭をもたげる。

いったい、誰が？

あの時、確かに周囲にひと気はなかった。けれども、その誰かはちゃんと聡の遺体を見つけ、屍姦し、しかも今度は指まで切り取って去ったのだ。警察が街をうろつき始めるまで、そんなに長い時間はなかったはずなのに。

どうやって、聡が殺されたことを知った？　どうやって、場所を知った？　それに……なぜ指を切った？

真琴は、どこからともなく現れ、男児の死体を前に発情し、穢し、嬉々としている男の姿を想像して、不気味に思った。

けれども、そいつには感謝しなければならない。

お陰で、危機を逃れた。

誰であったとしても、目的は何だったとしても、真琴には幸運をもたらしてくれたのだ。

真琴は低く笑った。

天が味方してくれている。やはり自分のしてきたことは、間違っていなかったのだ
——

その時、ノックの音がした。真琴は一瞬身を硬くする。ドアが開き、顔を出したのは綿貫だった。

「あー、なんだ。先客がいたかあ」

綿貫は大股で入って来て、そのまま壁際に行った。

「埃っぽいな。窓を開けるか。ああ、ドアも開け放しとこう」

窓とドアが開けられると、気持ちのよい風が通った。窓のすぐそばを、生徒たちが通り過ぎていく。顔見知りがいたのか、綿貫が、おう、と手を挙げる。それからどっかとベンチの端っこに座った。

「考えることは同じか。面談日って、なんか気詰まりだもんな。どこ行っても、誰かの親がいるしさ。真琴は、もう終わったの？」

「うん、さっき。綿貫は？」

「今終わった。あー、国公立を狙うなら、もっと頑張らないとダメだって言われたよぉ」

綿貫は、頭を掻いた。

「大丈夫でしょ、綿貫なら」

「ま、やるしかねえな。とーちゃんもかーちゃんも、俺が看護師目指すの喜んでくれたし」

「そうなの？」

「ああ。自分たちの仕事が認められたって思ってるみたい。親孝行だな、俺って」

がはは、と綿貫は照れ臭そうに笑った。

「そうだ、週末は悪かったな。大会前なのに、急に部活休んで。親にくっついて、終末期医療のセミナーに行って来たんだよ。今からこういうことを学んでおくのも大切だって言われてさ」

「そっか。すごいな」

「特訓メニュー、こなせた？　みんな、俺がいないから気ぃ抜いてたんじゃないの」

「大丈夫。まあ、女子部員は寂しがってたけどね。一年生なんて、ほぼ綿貫目当てじゃん」

「んなことねーだろ」

「いや、そうだって。ああ、そういやさ、うちのクラスの上田《うえだ》麻美って覚えてる？　前、試合見に来たじゃん」

「うーん、なんとなく」

「あいつ、綿貫のこと気に入ったらしい。さりげなく探ってくれって頼まれた――って、全然さりげなくないな。仲介役なんて、したことないから」

「……真琴」

急に、綿貫の声が真面目なトーンを帯びる。

「お前……俺の気持ち、知ってんだろ？」

二人の間に、沈黙が落ちた。

「一年の時から、ずっとお前だけを見てたよ。本当は、気付いてただろ？　俺は真琴のことが――」

「綿貫」真琴が、鋭く遮る。「頼むから、それ以上――」

「わかってる。ごめん、言うつもりなんてなかった。ずっと隠してるつもりだったよ。お前が距離を取りたがってるの、なんとなく感じてたから」

「綿貫だからっていうわけじゃないんだ。ただ、誰とも――」

「わかってるって、気にすんな。忘れてくれ。ごめんな」

綿貫は、男らしくて優しい。真琴が男に抱いている恐怖を、恐らく出会った頃から敏感に感じ取っていた。だからこれまでも肩にすら触れなかったし、こうして二人きりになっても、窓やドアを開け、そしてできるだけ離れて座ってくれる。そんな彼だから、真琴は心を許すことができていた。

「んじゃ、行くわ」ひょいと綿貫は立ち上がった。「また明日な――あれ？」

真琴の顔を今日初めて正面から見て、綿貫は笑った。

「どうした、ここ」

綿貫はからかうように、真琴の頰を指した。

「ああ……猫に引っ掻かれた」

「まっぬけー」

おどけた口調。さっき二人の間に生まれた緊張を、ほぐそうとしているのだ。

「気を付けろよ。美人が台無しだ」

「うるせえよ」

「あー、お前はほんと、口が悪ぃな」

「とっとと行けっつーの」

「あーそうそう、うちのかーちゃんが、お前のこと、『ローマの休日』とかいう昔の映画に出てる女優に似てるって言ってたぞ。じゃーな」

手を振って、綿貫が部室から出ていった。

再びひとりになり、真琴はため息をつく。

その女優に似ていると言われたことは、何度かあった。オードリー・ヘプバーンという、真琴のようにベリーショートで、顔が小さな女優だ。

少女の頃から可愛い、美人だと誉めそやされて、真琴は育ってきた。けれども美しくあることは、幸せには繋がらなかった。だから髪を思い切り短く切り、わざと乱暴な言葉遣いをし、男っぽく振る舞ってきたつもりだ。

それでも結局、女として見られてしまう——

真琴は暗い面持ちで俯《うつむ》き、唇を嚙みしめる。

バイトに行く気分にはなれず、店長に電話をして風邪だと嘘をついた。誰にも会いたくない。しばらくここで、ひとりでいたかった。

ぼんやりしていると、窓の外から子供数人の声が聞こえてきた。校内に子供が紛れ込んだのかと驚いて窓へ行くと、どうやら二階の文科系クラブの部室で誰かがテレビを観ているらしい。

なんだ、と真琴は再びベンチに戻った。

テレビの音声だけが、耳に入ってくる。小学生くらいの男子が何人かで笑っていた。それに混じって、少女のすすり泣きが聞こえる。ドラマだろうか。設定を想像するに、少女は男子にいじめられているのだろう。

　男子のからかうような声に、少女の泣き声も一層大きくなる。少女はいったい、どんな顔をして泣いているのだろう。音しか聞こえないだけに、余計に想像が掻き立てられた。聞いているうちに、胸の奥底をざわざわと揺り動かされる。危険を回避できたばかりだというのに、また新たな衝動が芽生え、急速に育っていく。

　これ以上は危険だ。やめた方がいい。頭ではわかっている。けれども激情が荒波となって、真琴の胸を突き破ろうとするのだ。

　真琴は目をつぶって天井を仰ぎ、何度も深呼吸した。

　どうしてこんな気持ちになるのだろう。由紀夫も、聡も、死んだのに。何度も何度も、ポラロイド写真と切断した性器を、確かめたのに。

　もう危険を冒さない方がいい。行動を起こしてはいけない。

　さらに幾度も深呼吸し、なんとか衝動をなだめた。

　けれども……あとひとりくらいなら――？

　いったん凪《な》いだ心に、その考えが一滴の雨のように落ち、波紋が広がっていく。

　そう……あとひとりなら……。

　せめぎ合っていた頭と心が、折り合いをつけつつあった。

　真琴はポケットからスマートフォンを取り出す。動画保存フォルダを開けると、女の子が写ったサムネイルがいくつも出てきた。そのうちの一つをタップして再生する。

黄色や青色の帽子をかぶった大勢の幼児たちが、保育園の園庭を走っていた。映像の端の方に、「子ぐま保育園運動会」と書かれた立て看板が見える。

『かおるちゃーん、あつしくーん、よしえちゃーん、早く早くー、がんばれー』

保育士が赤い旗を持って、ゴールで振っている。呼ばれた園児たちは足を一生懸命動かしているものの、恐らく出し物の意味がわかっていないのか、ゴールとは関係ない方へと走って行く。

『こっちだってばー』

保育士や周囲の保護者たちが、微笑ましげな笑い声を立てる。つられて、真琴もふふ、と片頬で笑う。

「かおるちゃーん……」

保育士の口調を真似て呟きながら、画面の中で動く幼女を指先ですうっと撫でた。

16

蓼科のアパートの前に、保奈美は立っていた。

火曜日の午前三時。針を落としても聞こえそうなほど、住宅街は静まり返っている。

周辺に誰もいないことを確かめ、手袋をはめると、バッグの中から合鍵を取り出した。

日曜日、ニュースで二人目の犠牲者、三本木聡ちゃん殺害事件の概要を知った保奈美は、谷崎という刑事の携帯に電話をかけた。蓼科による殺害を目撃したと言えば、逮捕に向けて捜査が大きく進展すると考えたのだ。

しかし予想に反して、目撃証言は取り合ってもらえなかった。蓼科秀樹が強姦魔であるという情報まで伝えたが、二人の刑事はそれも把握していた。

「なぜ捕まえないんですか?」

思わず、責めるような口調になる。

「我々の方でも捜査を進めております。その上で、現時点ではその段階にないと判断いたしました」

そう谷崎は返答した。

強姦の前科を知っていたということは、すでに本人を調べたのだろう。それでも逮捕に至っていないのは、アリバイが成立するなり、犯行は不可能だと判断したということか。

「でも殺害した後、何かを埋めてたみたいなんです。近くの市民農園に。だからそこを捜索してください。きっとそこから証拠が――」

保奈美は食い下がった。何としても、決定的な証拠を見つけ出してほしかった。しか

し、

「それではなぜ、その時に通報なさらなかったのですか？」

と谷崎に切り返され、保奈美は言葉に詰まった。それ以上粘ることもできず、諦めて電話を切った。

保奈美は、リビングに立ち尽くしていた。もちろん実際に事件を目撃したわけではない。ファストフード店にいたことも、ガソリンスタンドにいたことも当然知っている。けれども、あいつが危険な男だということに変わりはない。そして、野放しになっている――

蓼科のアパートで見つけた娘の写真を思い出し、保奈美は身を震わせた。

警察は何もしてくれない。

どのみち、未成年である蓼科がたとえ犯人と認められたとしても、極刑にならないだろう。いつかまた、あの男は戻ってくるかもしれない。

それならいっそ――

保奈美は、自分の両手をじっと見つめた。

いっそ、この手で――

保奈美はアパートのドアに耳をつけ、中の様子を窺った。安普請のドアの向こうから、かすかにいびきが聞こえてくる。保奈美は大きく息を吸い込むと、気持ちを落ち着かせながら合鍵を回した。

ドアをそっと引く。チェーンがかかっていて、十センチほど開いたところで止まった。保奈美はインターネットで調べておいた通り、チェーンに紐を通し、一度ドアを閉めた。それから紐をそのままドアの上の隙間にスライドさせる。ドアの中では、受け金具に沿ってチェーンが引っ張られているはずだ。一度では外れず、何度か紐をスライドさせていると、ふっと手ごたえがなくなった。外れたのだ。

ドアを少しだけ開け、目を覚ました様子がないことを確かめてから、中に入った。部屋は暗く、豆電球の明かりだけが、ぽつりと浮かんでいる。闇の中から、地鳴りのようないびきが聞こえてきた。すえた臭いが、辺りをむっと満たしている。

なんというおぞましい男。

この男の手から、何としても娘を守らなければ。

大切な、愛おしい娘。

神様がたくさんの試練の末にやっと授けてくれた、たった一人の我が子を——

子宮外妊娠の後、保奈美は喪《うしな》った子のことばかりを想い、泣き暮らしていた。

「しばらく治療から離れて、ゆっくり過ごしてはいかがですか」

医師の勧めもあり、保奈美は治療を休むことにした。少しでも気が紛れればと、夫は買い物や旅行に連れ出してくれた。けれども、何を見ても、何を食べても、保奈美が考えるのは「あの子に見せてあげたかった、あの子に食べさせてあげたかった」ということだけだった。乗り越えるには前に進むしかない、そう思った保奈美は、再びクリニックを訪れた。

「それでは体外受精に進みましょう。精子と卵子を体外で受精させ、分割させ、胚《はい》を子宮に戻す方法です。本来卵管がする仕事を、医療が代行するのです。つまり、あなたのように卵管閉塞や卵管切除した方には、有効と言えます」

医師は丁寧に説明してくれた。

「ただ、卵子を採取するには、卵巣に針を刺して卵胞ごと吸い取るしか方法がありません。採卵の手術です。できるだけ痛みの少ないように行いますので、一緒に頑張りましょう」

質の良い卵子を数多く得るために、ホルモン剤での排卵誘発が始まった。やっと採卵にこぎつけ、採取した三十個の卵子のうち、移植が可能な受精卵となったのは、四個だった。その後、運良く一度目の移植で着床し、血液中に妊娠ホルモンが検知された。しかし保奈美は素直に喜べなかった。前回は、卵管に着床したからだ。気が気でない日々を過ごし、一週間後の超音波の検査で、子宮内に赤ちゃんの袋が確認できた時は、今度こそ産めるのだと胸にじんわりと感動が広がっていった。

「ここですよ！　確かに赤ちゃん、子宮にいますからね！」

看護師もモニターを指さしながら、喜んでくれた。生まれて初めてもらったエコー写真を胸に抱き、足取りも軽やかに母子手帳を受け取りに行った。憧れの妊婦雑誌を買い、家族や親戚、友達にも報告し、靖彦と共に、早々と産着を選び始めた。

不妊クリニックを卒院する妊娠十週目までは、毎週超音波による内診がある。小さな我が子に会えるのが嬉しくて、保奈美は次の週もいそいそとクリニックに出かけた。

「はい、順調ですね。卵黄嚢《らんおうのう》が見えますよ」

医師が微笑みを浮かべて言った。

「らんおう……のう？」

「赤ちゃんの栄養源です。へその緒や胎盤から栄養が運ばれるようになるまで、ここから栄養を摂るんです。つまり、赤ちゃんのお弁当箱みたいなものです」

「まあ、お弁当箱？　可愛い」

愛おしく思いながらモニターを見つめ、保奈美は笑った。

「だけど自分で栄養を摂れるなんて、赤ちゃんてすごいんですね」

「すごいですよ。今はおたまじゃくしみたいですが、いずれ尻尾が消えて、手足が生えてくる。人間が遂げたといわれている進化を、赤ちゃんは十か月で完了するんですよ」

知れば知るほど、妊娠は神秘だった。もしも自然に授かっていたら、これほどまでに感動しなかったかもしれない。不妊治療を経たことは、そういう意味では貴重だったのだ——保奈美はこの時、そんなことを思っていた。

毎週もらうエコー写真に、保奈美はマジックペンで記録を書き添え始めた。

七週目。心拍を確認。大きさ九ミリ。もう耳や目、唇ができ始めているらしい。二頭身になっていた！

八週目。大きさ十二ミリ。手が伸びてきた？

九週目。大きさ二十ミリ。泳いでた！　手を振ってくれたように見えた！

そして十週目。いよいよ卒院の日となった。保奈美はこれまでのお礼にと、有名店のケーキを買ってからクリニックへ向かった。今日で最後なのだと思うと、寂しい気もした。

「いよいよ卒業ですね。産院は決まりましたか？」

「ええ、山内《やまうち》産科にしようかと思ってます」

「山内さんですか。うちからあそこに行く人、多いですよ」

医師とそんな雑談を交わしながら、保奈美はいつものように内診台に上がった。医師が「さあ、赤ちゃんを診てみましょう」と超音波で胎内を映し出す。しかしモニターを見た途端、医師の顔が強張った。数十秒ほどの沈黙の後、神妙な声で保奈美に話しかけた。

「どうか気をしっかり持って聞いてください。……残念ですが、赤ちゃんの心臓が止まっています」

ぐらりと保奈美の視界が揺れた。目の前にある白黒のモニターには、三頭身になりかけた胎児がぼんやりと映っている。しかしそれは、先週までのように動いていない。

「嘘！」

保奈美は叫んだ。

「嘘よ！　どうして⁉」

内診台の上で、保奈美は顔を覆って泣いた。

あの時重い荷物を持ったから？　走ったから？　薄着をしたから？　保奈美は自分を責めた。

やっとお腹に来てくれたのに。

やっとここまで育ってくれたのに。

ごめんね——

子宮内の胎児を取り去る手術を終え、身も心も引き裂かれそうだった保奈美の心を支えたのは、残っている三つの胚の存在だった。

あの子たちが、ちゃんと生まれてきてくれますように——

しかし二回目から四回目の移植は、着床すらせずに終わってしまった。再び苦労して採卵し、五度目の移植で妊娠することはできた。

保奈美は、毎日怯えていた。健診で医師に順調だと言われても、喜びより先に不安が襲ってくる。靖彦以外の誰にも、妊娠のことは告げなかった。

そしてある日、悪い予感は的中する。前回の妊娠と同じく、十週目で胎児の心拍が停止していたのだ。

どうして、神様⁉

どうして、またわたしから奪うの？

保奈美は胸を搔きむしって、泣き叫んだ。

翌日に手術の予約を取り、ふらふらとクリニックを出る。電車に乗り、そっと腹部を撫でた。

今でも、赤ちゃんはここにいる。だけどもう、生きてはいないのだ――

電車の中で見かけた赤ちゃんが、泣き腫らした目には突き刺さるようだった。あちこちで奇跡が生まれている。けれども自分には、起こらなかった……。

「二回も流産が続くのは気になります。詳しい検査をしましょう」

手術後に医師は保奈美に言った。色々な検査の結果、保奈美の血液は凝固しやすいため、胎児に栄養が運ばれにくく育ちにくいことがわかった。

「じゃあ……母体に原因があったんですね？　わたしのせいで、赤ちゃんたちは――」

保奈美は愕然とした。

「誰のせいでもありません。ご自身を責めてはいけません。それに、対策があります」

慰めるように、優しく医師が言った。

「次の移植で妊娠できたら、血液が固まるのを防ぐ注射をしましょう。十二時間おき、一日二回、ご自身でしていただきます。それを出産まで続けるのです」

「それをすれば……必ず生まれてこられますか？」

すがるように保奈美は聞いた。しかし医師は、そっと首を振る。

「それは――神様にしか、わかりません」

もう残っている胚は、たった一つしかなかった。精神的にも肉体的にも、そして経済的にも限界だった保奈美は、これを最後にしようと決めていた。この一つに全ての望みをかけて、保奈美は六回目の移植へと臨んだのだった。

幸運なことに、最後の胚は着床した。毎日二回の自己注射が始まる。自分に針を刺すのは初めての経験で恐怖はあったが、赤ちゃんのためだと思えば耐えられた。

絶対にこの子に会いたい――ただただ、その一心だった。

腹部も、太ももも、注射の痕は内出血で覆われ、固いしこりになった。仕事や家事をしていても、座っても横になってもズキズキと痛み、動けなくなることもあった。けれども保奈美は弱音を吐かなかった――生まれてこられなかった三人の子たちは、もっと辛かっただろうから。

注射の甲斐あってか、越えられなかった十週の壁も越え、順調に育っていった。お腹はどんどん大きく丸くなっていった。

臨月に入ると、注射の替わりに二十四時間の点滴をすることになり、入院生活が始まった。ここに至っても、本当に生まれてきてくれるのか不安は絶えない。出産し、次々と退院していく女性たちを見送りながら、自分にはそんな日が訪れないのではと涙ぐんだ。

毎日、保奈美は祈っていた。

神様、今度こそ、今度こそ、お願いします。あなたの手から、わたしに赤ちゃんを渡してください――

予定日前日、陣痛が始まって荒波のような痛みに耐えながらも、保奈美はずっと祈り続けた。どうしても万が一のことが頭に浮かんでしまい、怖かった。

だからついに元気な産声を聞けた時、保奈美を満たしたのは歓喜でなく、「これで心配はしなくていい」という解放感だった。後から靖彦に聞くと、汗だくで「もう大丈夫もう大丈夫」とうわ言のように繰り返していたらしい。

「可愛い女の子ですよ」

助産師が、保奈美の胸に赤ちゃんを抱かせてくれた。

温かかった。

この子と一緒に、これまで喪った我が子たちも戻ってきてくれたのだと思った。その中にはきっと、女の子も男の子もいただろう。だから、性別を問わない名前をつけることに決めた。

この子を、世界で一番大切にしよう。

自分の全てを捧げよう。

やっとやっと、自分のところに来てくれたのだもの。

あの日、保奈美はそう誓ったのだった。

だから、とアパートに上がり込みながら、保奈美は心の中で呟く。

だからわたしが必ず、娘を守る。

——手段は選ばない。


保奈美はバッグからスタンガンを取り出し、握りしめた。万が一、途中で目を覚まされてしまった時に使用する。計画を成功させるためには使うわけにはいかないが、見つかって騒がれるよりはいい。

豆電球だけを頼りに、足音を立てぬよう蓼科に近づく。窓際の万年床に、うつ伏せになって大いびきをかいていた。

卓袱台に置きっぱなしになっている焼酎の瓶を持ち上げてみる。空だ。よかった、全て飲んだのだ。豆電球の明かりに透かすと、遮光瓶の底に、うっすらと白い粉が沈殿していた。

最初に忍び込んだ時、酒は半分ほど残っていた。それが昨日の昼間には、五分の一に減っていた。この焼酎を寝酒にしているのだろうと推測した保奈美は、その中に睡眠改善薬を粉末にして入れておいたのだ。既定の三倍量、しかもアルコールと併せて飲んでいるので、蓼科の眠りは深いだろう。

スタンガンで、足をつついてみる。

起きない。

今度はもうちょっと強めに押してみる。

目を覚ます様子はなかった。

今のうちだ。

保奈美はバッグの中から、梱包用のビニール紐を出す。カーテンレールから蓼科の頭上まで届くくらいの大きな輪を三重にして作り、レールから吊り下げた。それからそうっと、蓼科の頭を両手で持ち上げる。

いびきが止まった。

保奈美の全身に、緊張が走る。ここで起きてしまっては、計画は失敗だ。保奈美は蓼科の頭を持ったまま、息をひそめていた。

やがて、いびきが再開した。

よかった。保奈美は目をつぶって深呼吸する。それから慎重に、蓼科の頭を輪の中に通した。

ちょうど紐の上に喉ぼとけがくるようにして、保奈美は手を離す。頭が枕から数センチ浮き、ゆらゆらと揺れた。カーテンレールがかすかに軋《きし》んだ音を立てる。

首つりされた状態の蓼科が、苦しそうにあえいだ。保奈美はスタンガンを構え、息を詰めて万が一に備える。しかし荒い呼吸が数回続いたかと思うと、ふっと途絶えた。

——死んだ？

保奈美はそれでも、怖くてスタンガンを持つ手を離せないでいた。

だらりとうなだれた蓼科の顔を覗き込んでみる。真っ赤にふくれあがっていた。ちゃんと死んだのだろうか。保奈美は耳の下を触ってみた。手袋越しなので、脈を感じにくい。

思い切ってスタンガンを置き、手袋を外し、蓼科の鼻の前に手をかざす。

息をしていない。

ついに保奈美は、蓼科に制裁を加えたのだ。

全身が、がくがくと震えている。しかし何とか自分を奮い立たせて、這うようにして台所に行った。流しの下の扉を開け、ＤＶＤや写真のアルバムをバッグに仕舞い込む。二度と誰の目にも触れることのないよう、処分するつもりだった。

これでいい。

さあ、あともうひと仕事だ。

保奈美はやっと心を落ち着けると、かすかな明かりの下で立ち上がった。

17

藍出駅周辺のスポーツ用品店二軒で、半年以内にゴルフバッグや登山用のリュック、剣道の防具袋を購入した人物は、八十九名だった。二軒目の店の顧客管理がいい加減だったので、購入者のリストを割り出すのには、結局夜までかかってしまった。八十九名の中には田中真琴も入っている。藍出署に戻る道すがら、谷崎はスマートフォンで「ちびっこ剣道クラブ」を検索していた。

「今日も練習があるみたいですよ」

谷崎が、剣道クラブのホームページを坂口に見せる。

「寄ってみませんか。田中さんに会えるかもしれないし」

「何を言ってる。戻って係長に報告するのが先だろう。会議もあるんだぞ」

「だけど、ちょうど通り道にあるんですよ。ほら」

谷崎が地図のページを表示する。確かに剣道クラブのある公民館は、藍出署までの道の途中に位置しているようだ。

「わたし、トイレに行きたくなっちゃいました。公民館で借りたいな」

「はいはい、わかったよ」

坂口はため息をついた。数分くらいの寄り道なら許されるだろう。

公民館へ入ると、谷崎はまっすぐ多目的ルームへと向かった。

「失礼いたします」

引き戸を開ける。電気はついていたが、部屋には誰もいなかった。坂口は腕時計を確認する。午後八時を回っていた。

「ご見学ですか？」

衝立《ついたて》の奥から声がして、ジャージ姿の老人が一人、のっそりと現れた。

「今日はもう終わったんですがね。あ、チラシなら――」

チラシを捜しかけた老人を止め、坂口と谷崎は警察手帳を取り出した。老人は戸惑ったように眉をひそめる。

「はあ、警察の方？」

「こちらで田中真琴さんという方が教えておられると伺ったんですが」

谷崎が尋ねる。

「真琴先生ですか？　ええ、一年ほど前から来てもらってます」

「どういう経緯でこちらに？」

「一高の剣道部の顧問が友人でしてね。講師を探していると言ったら真琴先生を紹介してくれたんです。バイト代を払うつもりだったんですが、ボランティアの方が内申書にはいいということで。熱心によくやってくれてますよ」

「今日もいらしてたんですか？」

「ええ、来てくれてましたが。あの、これはいったい……」

「最近、幼児が殺害された事件をご存知でしょうか？　その捜査の一環です」

谷崎が言うと、老人がぎょっと目を見開いた。坂口は慌てて補足する。

「ご心配なく。ここ半年の間に新しい防具袋やゴルフバッグを購入した方全員を当たっています」

「ああ、まあそりゃそうだろうね」

老人はホッとした表情をする。

「まだ田中さんがいらっしゃればと思ってお伺いしたのですが、もうお帰りになったのですね」

谷崎が、部屋を歩き回りながら言う。

「全員、六時半には終えて帰すようにしとります」

「こちらの教室に、この子たちが見学に来たことはありませんか?」

谷崎が、幼児二人の写真を見せる。老人は首からチェーンで下げていた老眼鏡をかけ、写真をまじまじと眺めた。

「ああ、この子なら来たね」

老人の指が、由紀夫を差した。

「――確かですか?」

谷崎が念を押す。

「見学じゃなくて、試合観戦にね。しかしもう一人の子は知らないな」

「大変に参考になりました。ご協力に感謝します」

老人に礼を言い、公民館を後にした。

「田中真琴と由紀夫ちゃんの接点が見つかりましたね」

藍出署に急ぎながら、谷崎は興奮している。

「そうだな。防具袋の購入者の中で、由紀夫ちゃんとの接点が判明した人物になる。係長に報告して、明日にでも会いに行ってみるか」

「ええ、是非そうしたいです」

しかし署に戻ってからの捜査会議で、由紀夫ちゃんと聡ちゃんが、同じ語学学校の英会話体験クラスへ参加したことがあること、また、由紀夫ちゃんと聡ちゃんの幼稚園両方に姉妹を通わせる保護者がおり、しかも二か月前にゴルフバッグを購入していたことがわかった。

谷崎が、田中真琴と由紀夫ちゃんとの接点を報告したが、里田はサンズマートの担当者に確認をさせることにし、坂口と谷崎には語学学校関係者の聴取が割り当てられた。

谷崎の表情から、里田の判断に納得していないのは明らかだった。

「ちょっと話そうか。コーヒーでもおごるぞ」

捜査会議の後、坂口は谷崎を誘った。しかし谷崎は「結構です」と首を振る。

「もっと柔軟に考えろよ。チームプレイだ。目的は全員一緒だ。そうだろ？」

「──わかってるつもりです。では」

谷崎は引きつった微笑を浮かべると、足早に講堂を出て行った。その背中を見ながら、「いや、ありゃわかってねえな」と坂口はため息交じりに呟いた。


案の定、谷崎は次の朝、不満げな顔のまま現れた。

「田中真琴の線は、やっぱりわたしが追いたかったです」

語学学校へと向かいながら、谷崎は言う。

「気持ちはわかる。しかし、これまで宮本《みやもと》が田中くんの聴取をしてたんだ。里田係長の割り当ては妥当だ」

坂口は、サンズマートの担当者の名前を挙げ、なだめた。

「だけど……」

谷崎は唇を噛む。

「逆に君は、田中くんより語学学校の方が気にならんのか？　由紀夫ちゃんと聡ちゃん両方との接点があったんだぞ？」

「確かに自分でも不思議です。なぜだかどうしても田中真琴のことが引っかかるんです。妙に、この事件に女性的なものを感じてしまって」

「勘を大切にすることは結構。だが……」少し厳しい顔をして、坂口は谷崎に向き直った。「里田係長が言った今後の捜査ポイントを、しっかり聞いてたか？」

「――聞いてました」

「第三の被害者を何としても食い止めるために、少しでも捜査効率を高める。よって、聴取は男から行うこと。また、血痕が遺棄現場にないことから、損壊は別の場所で行われた。由紀夫ちゃん事件以来、損壊が行われた場所を洗い出そうとしたが、人目のない公の場にはどこにも、血液反応やその他の痕跡は見られなかった。つまり、自宅で行われた可能性が極めて高くなった。だから、一人暮らしの男に注意を払えと」

「……はい」

「田中くんは家族と同居している。あの夜、家族が家にいたのに、どうやって男児を連れ込んで、殺して、性器を切り取ることができる？　聡ちゃんの時もそうだ。それに、田中くんにはアリバイがあるだろう？」

「由紀夫ちゃん事件の時は、家にいたっていう家族の証言だけです」

「しかし聡ちゃんの時はアルバイトをしていた。その日は俺たちだって田中くんに会った。そうだな？」

「……はい」谷崎は素直に頷いた。

「語学学校を洗うのが、俺たちの任務だ。今はそれに集中しろ。いいな」

語学学校のビルに坂口が入ると、谷崎も黙ってついてきた。

学校には、英語の他に韓国語や中国語、フランス語のクラスもあった。事務員や講師などを効率良くさばくため、坂口は男性から先に話を聞くことに決めた。谷崎も異論はないようだった。

彼らはおおむね協力的で、任意で各自の住所も聞き出せた。夕刻になって事務局が閉まる時間になると、坂口はその日の聴取を切り上げ、明朝十時に再訪することを告げて学校を出た。

「この近辺に住んでいる男性の関係者が何人かいたな。署に戻る前に、ちょっと回ってみるか」

周辺に人通りの寂しいところはないか、無人の家屋や廃墟はないかを実際に歩いて確かめ、また住居そのものも自身で確認したかった。

「はい」

谷崎は早速スマートフォンで地図を検索し、住所のリストと照らし合わせた。

「中垣《なかがき》さんの家がここから近いですね。最初に行きましょう。次にハックマンさん、それから王《おう》さん――」

朝からの谷崎の仕事ぶりは、淡々としつつも的確だった。語学学校でも、さまざまなことを聞き出した。ずっと田中真琴のことが気にかかってはいるのだろうが、あれからひと言も口にしない。だから坂口も、あえて触れなかった。

事務長の中垣、英会話講師のハックマンの住居とその周辺を確認し、次に中国語会話講師の王の家へと向かっている途中で、谷崎が口を開いた。

「坂口さん、田中真琴のことなんですけど――」

そら来た、と思いながら、坂口は「なんだ?」と答えた。

「あの、明日も語学学校に詰めるのはわかってるんですけど……どこかで話を聞く時間を作れないでしょうか」

「やっぱりまだこだわっているのか。いや、個人的には、こだわりを持つことは悪いことじゃないと思ってるんだがな」

「坂口さんも、捜査方針に呑まれるなって言ってたじゃないですか」

「確かに言ったし、今でもそれが俺のモットーだ。しかし、若い刑事の暴走を止めるのも俺の仕事でな。そもそも、どうやって田中くんが性的暴行をするんだ」

「……男性の共犯者がいるのかもしれません」

「共犯者ねえ」

「とにかく、田中真琴だと条件が揃っていますよね。バイト先、ちびっこ剣道クラブ、そして防具袋」

「しかし聡ちゃんとの繋がりはないぞ。一方、この語学学校なら二人と接点があり、しかも男性で一人暮らし、そして車の所有者もいる。もっと条件に当てはまると思うがね。百歩譲って、犯人は田中くんと誰かの二人組だとする。しかしいずれにせよ、田中くんの相棒は男だろう。だから男から捜査を進めていくことが、結局は最短距離ってことになる。わかるな？」

谷崎は黙って、坂口の顔を見つめている。

「なんだよ」

「今、世界で一番嫌いな人の言葉だと想定して聞いています」

思わず苦笑が漏れた。やれやれ、と坂口はため息をつく。

「せいぜい五分だぞ」

坂口の言葉に、谷崎が顔を輝かせた。

「――いいんですか？」

「ただし、昼飯の時間を返上してだ」

「ありがとうございます！　ええと、藍出第一高校の授業が終わるのは三時半だそうです。ですのでその後に自宅まで行ってみませんか」

「なんだ、もうそんなことまで調べてたのか」

「ええ。今朝、一高の子とすれ違ったので、聞いておきました」

「全く、きみには敵《かな》わんな」

そんな会話を交わしながら、語学学校関係者の住居とその周辺を確認して回った。


次の日、朝から谷崎は張り切っていた。

「栄養満点のスムージーを作ってきました。昼ご飯代わりに、田中家に向かいながら飲みましょう」

そして、てきぱきと講師たちの聴取を進めていった。

由紀夫ちゃんが参加した体験クラスの講師も出勤しており、話を聞くことができた。英国人のモーリスは温和な四十代後半の男性で、まさかその時の幼児が殺人事件の被害者だったとは知らず、衝撃を受けていた。

会話の中から、彼がワゴン車を持っていること、また釣りが趣味で大きなクーラーボックスを常に積んでいることもわかった。事件の起こった日は両日とも週末だったため、釣りに出かけていたという。釣りに行った場所、その時の天候や海流の様子、見聞きした事柄、釣れた獲物などを、次々と谷崎が聞き出していく。

「失礼ですが、その日そこに行かれていたことを証明できるものなどはございますか？」

モーリスは少し考え、「ボートを借りたレシートが残っているかもしれない」と財布が置いてあるスタッフルームへ捜しに行った。

「気になるな」ぼそっと坂口は呟く。

「ですね」

「もしもモーリスのアリバイが証明できなかった場合、任意で同行してもらおう。田中くんのところには行けなくなるが、いいか？」

「もちろんです」

しかしモーリスのアリバイはすぐに確認された。貸しボートといっても小型船舶操縦士免許の必要なもので、彼自身が操縦し、一日、沖へ出ていたということだった。

「ひょっとして、と期待したんだがな」

三時になり、語学学校を出ながら坂口は言った。

「確かに。だけどいよいよ話が聞けるかと思うと、わたしは嬉しいです」

「住所はわかってるんだろうな？」

「ええ。語学学校とも関連があるかもしれないと理由をつけて、宮本さんからメールで送ってもらいました。ええと」

谷崎がスマートフォンのメールを開き、おや、と首を傾げる。

「あら？　この住所って――」

谷崎の言葉を、坂口の携帯の着信音が遮った。画面には藍出署の番号が点滅している。慌てて通話ボタンを押した。

「こちら坂口――え？」

坂口は思わず立ち止まった。谷崎が、何事かと坂口の顔を覗き込む。

「――わかりました。すぐ署に戻ります」

坂口は電話を切った。顔色が変わっていることが、自分でもわかる。

「田中くんの聴取はなしだ」

「――え？　そんな、どうしてですか」

「犯人は蓼科秀樹だからだ」

急ぎ足で踵を返した坂口を、谷崎が驚いて追いかけてくる。

「蓼科が!?　どういうことです？　自首してきたんですか？」

「いや……」坂口は、谷崎を振り向いて言った。「自殺したらしい」

「――自殺……？」

谷崎は啞然として目を見開いた。


蓼科秀樹が勤務開始時刻になっても現れず、携帯電話の応答もないので、アルバイト先のガソリンスタンドのオーナーがアパートを訪ねてみた。オーナーは、蓼科のような少年院出身の若者を積極的に雇用し、社会貢献をしている人物であった。特に蓼科の場合、入院中にたった一人の肉親であった母親が他界しているため後見人にもなってやり、情緒安定の一助になればと畑の世話をすることも勧めていた。

玄関は施錠されており、ドアを叩いても何の反応もない。寝込んでいるのかもしれないと、アパートの管理をしている不動産屋に連絡し鍵を開けてもらった。

ドアを開けてすぐ、窓際の布団の上で、寝転がったまま首を吊っている蓼科の姿が目に入った。不動産屋とオーナーは、慌てて紐をカーテンレールから外したが、紐は首に深く食い込んでおり、すでに体は冷たく、死んでいるのは明らかだった。卓袱台に置かれた男児二人の遺体のポラロイド写真にオーナーが気付き、すぐに通報した。

死因は首つりによる窒息であった。血液中からアルコールと市販の睡眠改善薬の成分が検出され、卓袱台にあった焼酎の瓶とグラスからも同じものが検出された。以上の状況から、今のところは自殺なのではないかという見解だった。

シンク下の収納から、由紀夫ちゃんと聡ちゃんのものとみられる性器、また切断に使用されたとみられるカミソリの刃が発見された。ユニットバスには酸素系の漂白剤もあった。

そして畑の道具箱からは血の付いた包丁が発見された。畑で損壊が行われた可能性があるとされ、さらに入念な捜査が継続される。「畑に関して何か気付いたことはないか」という捜査員の質問に、「そういえば」とオーナーは話し始めた。

「あいつは昼夜逆転の生活をしているので、いつも夜中に畑へ行くんですが、一か月ほど前、わたしも様子を見に畑に寄ってみたんです。でもいない。しばらくしたらやってきて、何してたのか聞いたら、車を捜してたって言うんです。たまたまバイト中に昔の知り合いの親父さんを見かけたらしくて。ええ、うちのスタンドで給油した方だそうです。声をかけそびれたけど懐かしくて、その車が走り去った方向にある家やマンションの駐車場でその人の車を捜してたらしいです。シルバーのスバル。乗ってる人は大勢いらっしゃるし見つかりっこないって思ってたんですけど、最近聞いたら見つかったって言ってました。でも、今思えばそれもカモフラージュだったんですかねえ」

自分がもっと気を付けていれば、とオーナーは涙をにじませていた。

「どのように犯罪とアリバイを成立させたのか、今後検証していかなくてはならない。

しかし、蓼科秀樹が幼児連続殺害事件の犯人であることは疑いの余地がないだろう」

講堂に急遽呼び戻された刑事たちは、神妙な面持ちで里田の報告を聞いていた。

全員、同じ思いを嚙みしめていた。

由紀夫ちゃんの事件の時に、何度か蓼科とは接触していた。通報もあった。アリバイがあったため容疑からは外れていたが、あの時何かを嗅ぎ取っていれば、聡ちゃんは死なずに済んだかもしれない——そんな苦い後悔だ。

無念さは残る。しかし、これ以上犠牲者が出ることはない。その点では、やっと終結したという感慨はあった。

里田はそれから、今後の検証に関わる者を指名した。坂口と谷崎は、蓼科による殺害を目撃した例の通報者から、再度詳細を聞きに行く任務を与えられた。

「それにしても、あの矛盾だらけの通報が本物だったかもしれないとは……」

藍出署を出て、夕陽に向かって歩きながら、坂口がため息をついた。

「ええ。本部に報告した時にも全く重要視されませんでしたが、まさかあんな形で自殺するなんて……」

谷崎も、悔しげに唇を嚙む。

「自殺されてしまった以上、本当の意味での真相は、もう誰にもわからんからな」

「だけど、それを突き止めるのが警察の仕事です」

「その通り。とりあえず、我々が今できることは、目撃情報の調書をしっかり取ることだ」

「ええ、しっかりとね。わたし、気になることもありますから」

坂道を上りきると、街が見下ろせた。冷たい風がセピア色に染まった木々を揺らし、夕陽を抱いた空はどこまでも高い。冬の始まりは、すぐそこまで来ている。

「あら、あれ……」

谷崎が指を差した先、横断歩道の向こうには、田中真琴がいた。幼女と手を繋いで、ドーナツを買っている。

「田中さん」

大声で谷崎が呼びかけると、田中が振り向いた。が、その表情が強張ったかと思うと、慌てて幼女の手を引いて歩き去っていく。

「嫌われてるみたいですね」

「刑事なんて、厄介者だからな」

「それにしても、ずいぶんちっちゃな子を連れてますね」

遠のいていく田中と幼女の後ろ姿を、信号が青に替わるまで、谷崎は真剣な目でずっと眺めていた。

18

保護者面談の週だったので、火曜日にも部活はなかった。授業が終わると、真琴は学校を出てそのまま子ぐま保育園へと向かう。

定時のお迎えにはだいぶ早い。夕暮れの中、柵に囲まれた園庭で子供が二人だけ遊んでいた。通園バッグも二つ、ベンチに置かれている。保育士は、ひとりいるだけだ。

「薫ちゃーん、ブランコはまだ危ないわよ」

「はあい」

薫が、ぴょこんとブランコから降りた。髪がさらさらと風になびき、夕陽に照らされた肌が艶めかしく輝いている。

「せんせー、おしっこー」もう一人の子供が保育士に駆け寄った。「もれちゃうー」足をもじもじさせる子供を抱えて、保育士が慌てて園内へと入っていった。一人残された薫は、再びブランコに尻をのせる。

今、誰の目もない。

園内だからと、油断しているのが見て取れた。門は閉じており、鍵がかかっている。けれども柵は乗り越えられないことはない。

真琴は、ゆっくりと園庭に近づいていく。そして柵の間から「薫?」と甘い声をかけた。

薫は気付かずにきょろきょろと園庭を見回している。真琴はもう一度声をかけた。薫はやっと、柵の手前に立つ真琴を見つけ、ブランコを降りて駆けてくる。

真琴は柵の間から薫の両脇に手を差し入れると、そのまま持ち上げた。真琴の身長は一七〇センチ。抱き抱えたまま両手を上げれば、ちょうど柵のてっぺんに届く。子供に柵を握らせ、こちら側に乗り越えさせることは可能だ。

このまま連れ去ることができるな、と冷静に真琴は考える。高い高いをされた薫は、無邪気な笑顔で真琴を見下ろしていた。

建物の中から、保育士がもう一人の園児を連れて出てくるのが見えた。

「あ、せんせーとあっくんがかえってきた」薫が身をくねらせる。「おろしてよー」

「まだダメ」

「どうして?」

「薫が大好きだから」

「えー」きゃらきゃらと薫が笑う。「薫もだーいすきだよ、ママのこと」

保育士が、男児と共に近づいてきた。

「あら、薫ちゃんのお姉さん」

保育士が会釈する。

「早退の日はお姉さんのお迎えだって薫ちゃんも分かってるみたいで、こうして待っててても楽しそう――」

「困ります」

急に真琴に睨みつけられて、保育士は驚いたように口をつぐんだ。

「今、園庭に誰もいませんでした。門も鍵がかかっているし柵もあるから安全と思われているのかもしれませんが、いくらでも連れ出せてしまいます。ほら、こんな風に」

真琴は、柵のてっぺんまで抱き上げられている薫を見せつける。

「本当だわ。ごめんなさい、もっと注意します」

保育士が謝罪する。真琴はやっと薫を地面に下ろした。薫が走り出し、園門へ向かう真琴を先回りする。

「ママぁ！」

門が開いた途端、薫が真琴の足に抱きついてきた。

「薫ちゃんたら、どうしてお姉さんなのに、ママって呼ぶのかしらねえ」

保育士が通園バッグを手渡しながら不思議がる。真琴は曖昧に微笑を返し、バッグを受け取った。

「ばいばーい、かおるちゃん」

男児が手を振った。薫も、

「せんせー、ばいばーい。あっくんも、ばいばーい」

と手を振り、真琴と共に門を出る。

薫は真琴と帰れるのがよっぽど嬉しいのか、歌を口ずさんでいた。学校や部活、バイトとの時間が合わないので、送迎はほぼ全て母が行っている。だから早く帰れる時に真琴が迎えに来ると、大喜びするのだ。

「薫、上手だね。それ、なんのお歌?」

「やさいの歌だよー。ママ、知らないの?」

「うん。知らない。教えてくれる?」

「いいよ。さいしょに、お手々をくるくるして、それから――」

真琴の手を振りほどいて踊ろうとする薫を「ダメ、危ないからお歌だけね」と注意し、さらにぎゅっと手を握りしめた。赤信号で立ち止まる。車道から一番離れたところで待機しながら、歩道を走る自転車や歩き煙草をする歩行者からも守るように、真琴は薫の斜め前に立つ。下の方から舌足らずで調子外れの歌が絶え間なく聞こえ、思わずふふ、と笑みが漏れた。

小さな小さな、真琴のお姫様。

愛おしい、我が娘。

この子は、自分が守ってやらなければ。

真琴が薫を出産したのは、三年前——十四歳になったばかりの時だ。

二歳年上の幼馴染、蓼科秀樹に強姦されたのは十三歳の時である。

振り返ってみれば、兆候はあった。幼少の頃、真琴は秀樹に陰湿な暴力を振るわれたことが時折あった。痕が目立たないところをつねられたり、蹴られたりなどだ。

「だってお前の泣き顔、見たくなるんだもん」

泣きじゃくる真琴に向かって、秀樹はにたにたと笑いながら言った。

まだ三歳か四歳だった真琴は、近所のお兄ちゃんには逆らえなかった。仕返しが怖くて、両親にも言えない。それに、秀樹はうって変わって優しい時もあった。

真琴は次第に秀樹を避けるようになり、一緒に遊ばなくなった。そのうちに秀樹は小学校を卒業したので、顔を合わせることはなくなった。

真琴が中学生になった年の冬、公園を横切っていると、久しぶりに秀樹に会った。

「捨て犬が溝にはまって、動けなくなってるんだ」秀樹は言った。「一緒に助けてくれない？」

真琴は、犬が好きだった。陽はすっかり落ちて、寒い。犬が死んでしまうかもしれない。

「どこ？」

「やっぱり真琴ちゃんは優しいなあ。こっちだよ」

 すでに公園は暗く、ひと気はない。秀樹は真琴を奥へと連れて行くと、「ここだよ」

と茂みを示した。覗き込んだ途端に押さえつけられ、そのまま強姦された。まだ性の知識も浅かった真琴は、ただただ怖ろしくて声も出せず、されるがままに暴行を受けた。

「誰にも言うんじゃないぞ」おぞましい行為が終わって服を直しながら、秀樹は念を押した。「ビデオカメラをセットしてたんだ。裏切ったら、ネットで流すからな」

ふらふらと帰宅して、真琴は泥だらけの体を洗った。しかしいくら洗い流しても、自分の体が、存在が汚らわしい。

その日から数日間、風邪を引いたと嘘をついて、真琴は誰とも顔を合わせず部屋で過ごした。ベッドで膝を抱えて、ずっと震えていた。秀樹の欲望に歪んだ顔が頭から離れず、体には生々しい感触が残っている。日が経っても忘れるどころか、何度も何度も思い出して追体験をしてしまう。ある晩ついに耐え切れなくなり、真琴は手首を切った。

目覚めると、周囲が真っ白だった。死ねた――。そう思ったが、病院だった。ベッドに点滴で繋がれる真琴の脇で、両親が泣いていた。問い詰められ、真琴は秀樹に強姦されたことを告白した。母は心配して真琴を婦人科に連れて行き、診察と手当てを受けさせた。

家に戻るとすぐ、両親は秀樹と母親を呼びつけた。

涙を流して謝罪する母親の隣で、秀樹はふてぶてしくそっぽを向いている。無理やり連れて来られたという不満が、見て取れた。

「大変勝手とは存じますが、どうかこれでお許しください」

母親が封筒に入った札束らしきものを座卓の前に置き、畳の上で土下座した。

一方的な示談の申し出に、父も母も怒りに震えた。

「こんなことで、許されると思ってるんですか！」

「とんでもないです。ですが、この子も反省して――」

「ふざけるな！」

父が座卓を叩いた。

「我々は警察へ行くつもりです。お引き取りください」

それまで黙っていた秀樹が、急に口を開いた。

「いいの？」

秀樹の目が、狡猾な色を帯びている。

「警察なんて行っちゃって、いいの？　困るのは、そっちだと思うけど」

「どういうことだ」

「俺たち、付き合ってたんだよ。な？」

同意を求めるように、秀樹がなれなれしい笑顔を真琴に向ける。頭が真っ白になった。

「付き合って……た、ですって？」

母の声が揺れる。

「そうだよ。付き合ってたからエッチしたの。自然なことだと思うけどね。俺たちまだガキだけど、真剣に愛し合ってたからさ」

「真琴……本当なのか？」父が蒼ざめた顔を向ける。

「違う！」

真琴は立ち上がった。

「付き合ってるはずない！　こいつ、小さい頃からわたしを――」

「付き合ってた『証拠』、あるよね？」

にやついた顔が見上げている。真琴は血の気が引いた。

「付き合ってなかったんなら、なんでのこのこ公園について来たわけ？　合意じゃなかったっていう証拠はあんの？」

真琴は呆然と突っ立っていた。反論しようにも、声が出ない。

「娘は、自殺未遂までしたのよ……！」

母が、怒りに震える声を絞り出した。

「だから、そこまで俺に惚れてるってことなんですよ」

田中家の全員が、言葉を失った。

「俺、別れ話を切り出したんですよね。でもイヤだって泣きつかれちゃって。まさか、手首まで切るなんて」

秀樹はやれやれと首を振る。

「振られた腹いせに、こんな騒ぎ起こしてさ。哀れだから狂言に付き合ってやろうと思ってたけど、警察に行くとか言ってるんじゃあ、こっちも考えなきゃ」

秀樹は正座していた足を崩し、真琴の両親の方に投げ出した。

「警察に行くなら行けよ。恥をかくのは、てめえの娘だぜ」

沈黙が落ちた。真琴の唇が真っ白なのを見て、父が吐き捨てるように言った。

「とにかくお引き取りください」

金を入れた封筒を持って、母子は帰っていった。

「わたしのせいだわ」

真琴の母は、むせび泣いていた。

「大切に育てるって誓ったのに、肝心な時に守ってやれなかった。可哀想に。真琴、ごめんね、ごめんね。もっとお母さんが気を付けていれば……」

何度も何度も謝りながら、真琴を抱きしめた。

「やっぱり、今すぐ警察に行きましょう」

母は真琴の手を取り、優しく促した。

「あなたは悪くないんだもの。あいつにされたことを全部話せば、きっとわかってもらえる。現場には証拠だって落ちてるかもしれない。とにかく細かく説明すれば——」

現場を思い出しただけで、真琴は震えた。詳細にわたって説明するなんて耐えられない。しかも信じてもらえるまで、屈辱的な仕打ちを、見知らぬ人の前で何度も何度も話すことになる——

「——行かない」

真琴は、母の手を振り払った。

「警察になんか、絶対行かない！」

叫んだところで、ふっつりと意識は途絶えた。真琴は、気を失ったのだ。

それ以来、真琴は自室に引きこもるようになった。

学校へも行かず、部屋に鍵をかけて過ごした。

母は真琴を警察へ連れて行こうと、何度も説得に来た。その声は悲痛に満ち、途中からは懇願するようだった。しかし真琴は母の言葉を聞くのも辛く、ベッドで布団を被ったまま、耳をふさいでいた。誰にも会いたくなかった。穢れた自分を見られたくなかった。

ある朝、猛烈な吐き気で目が覚めた。慌ててベッドを飛び出しトイレに駆け込み、胃の中のものを全て吐き出した。食べ物も、一切受け付けない。

真琴は、妊娠していたのだ。

母に付き添われて婦人科に行った際、すでに事件から三日が経とうとしていた。「緊急避妊するにはギリギリです。効果は期待できないかもしれない」と言いながら医師は薬を処方してくれたが、やはり回避できなかったのだ。

「……産みたくない」

寝ていても天井が回るほどのひどいつわりで床に伏しながら、真琴は母に訴えた。あの男の汚らわしい体液が赤ん坊になり、ゆくゆくは歩いたり言葉を話したりするのかと思うと、頭がおかしくなりそうだった。

しかし母は真剣な顔で真琴の目を覗き込んだ。

「いいえ……産んであげましょう」

「——え？」

真琴は耳を疑った。産む？　お母さん、何を言ってるの？

「あなたに命が宿ったのは、それだけで気の遠くなるような奇跡なの。そして今この瞬間にも、ずっと奇跡は繋がっているのよ。しかもこの子は、緊急避妊をも乗り越えたのだもの。人間の意志を超えたものを感じてしまう。

それにね、真琴。授かって、さらに無事に産めるということは、決して当たり前なんかじゃないの。話したことあるでしょう？　あなたには本当は、三人のお兄ちゃんやお姉ちゃんがいた。だけど生まれてこられなかったの。その子たちのことを、今でも考えない日はないわ。みんなの顔を見てあげたかった。一緒に楽しく暮らしたかった。

この子はあなたのところに生まれてくるべきだから、こうして来てくれたんだと思う。もしかしたら、お兄ちゃんやお姉ちゃんが戻ってきてくれたのかもしれないわ。一生懸命、生まれようとお腹の中で頑張ってるのよ」

当時のことを思い出すのが辛いのか、母は時折声を詰まらせ涙を拭いながら、真琴に語り聞かせた。

「だけど、産んだら、毎日事件とあいつのことを思い出す」

真琴は、泣きながら抵抗した。

「思い出させない」母は言い切った。「お母さんが忘れさせてみせる。環境を変えましょう。引っ越しをして、転校もして、新しい生活を始めるの。二度と真琴に辛い思いをさせない。今度こそちゃんと、真琴を守ってみせるから。だからお願い。赤ちゃんに、未来を与えてあげて」

自分の身に宿った、新しい生命と、生まれてこられなかった、兄や姉——。繰り返し考えるたびに、真琴は自ら一つの命を終わらせる決断ができないまま、日々が過ぎていった。出産までの期間を、真琴は廃人のように過ごした。産んだところで愛情を持てるとは思えなかった。とにかく早く胎内から出したかった。お腹が目立ち始める前に縁もゆかりもない関西に移り、ひっそりと出産した。最初は、顔を見るのが怖かった。あの男とそっくりだったら、自分がどういう行動に出てしまうかわからなかった。

けれども生まれたての赤ん坊は誰にも似ておらず、くしゃくしゃの顔をしていた。小さくて柔らかく、甘酸っぱいような不思議な匂いがする。まだはっきりと目が見えていないはずなのに、真琴に向かって懸命に手を伸ばした。真琴と離れれば泣き、真琴が抱けば安心して眠る。部屋に何人いても真琴の声だけを聞き分け、そちらに顔を向けた。想像していたような嫌悪感は抱かなかった。けれどもはっきりとした愛情も湧かない。

「大丈夫よ、真琴。あなたは何も心配しなくていいの」頬をゆるめて赤ん坊をあやしながら、母は言った。「これからのことは、お母さんに任せて。ああ、可愛いわねえ」

薫という名前をつけてくれたのは、母だった。出生届を出したり特別養子縁組の手続きをしたりと、母は粛々と赤ん坊と真琴のために行動を起こしていく。両親の戸籍に入った薫は「養子」でなく「子」として記載され、事情を話して再交付してもらった母子手帳の保護者欄も両親の名前になった。

東京に戻ってみれば、すでに隣の市への引っ越しも、近隣の市立中学への転入手続きも完了していた。関西にいる間に、秀樹が別の強姦事件で起訴されて少年院に入ったらしいとも母が教えてくれた。あの男と顔を合わせることはないと思うと、心から安心できた。手首の傷跡を消せる病院も母が見つけ、一緒に通ってくれた。薫の姉としての新しい生活は、母のお陰で順調にスタートしたのである。

安心して日々を過ごすうち、やっと薫に向き合う心の余裕が生まれた。抱っこしたり、ミルクをやったり、お風呂に入れたりと時間を過ごすうちに、じんわりと愛おしさが芽生えてくる。母よりも真琴が世話をしてやる時の方が、薫の機嫌は明らかに良い。初めて声をあげて笑った時も、真琴の腕の中だった。ハイハイするようになれば、無垢《むく》な笑顔でまっしぐらに真琴に向かってくる。まだ何も喋れないのに、薫は全身を使って真琴への愛情を示しているようだった。

こんなに求められ、愛されている。自分ももっと求めて、愛してやりたくなる。それは、これまで父や母にも抱いたことのないような感情だった。何よりも大切で、守ってやりたいという本能を掻き立てる存在。この子がいなくなればいいと考えていた日々を、徐々に遠くに感じるようになっていった。

落ち着いた毎日を取り戻すまでは、色々なことがあった。けれども薫の存在が、過去を少しずつ忘れさせてくれた。ゆっくりと心の傷を癒してくれた。

もう真琴は死にたいと考えなくなった。真琴が薫に未来を与えたのではない。与えられたのは自分の方だったと思い知った。だから薫のことはこの手で守ってやるのだ――と真琴は誓った。

歯が生えてきた日。

言葉を発した日。

ハイハイした日。

立った日。

歩いた日――

そのどれもが大切な記念日になった。

このまま、幸せな日々が続くのだと信じていた。――あの日までは。

その日、真琴はちびっこ剣道クラブの試合に薫を連れて行き、試合場に設けられた託児所で遊ばせていた。当日はたくさんの子供が入り乱れていた。

試合が終わり真琴が迎えに行った時、薫は泣いていた。「どうしたの？」と聞くと、

「あしをかまれたの」と薫が答えた。しかしズボンの裾をまくってふくらはぎを調べてみても、噛み痕などない。

「あのおにいちゃんがかんだ」

泣きじゃくりながら、薫が一人の男児を指さした。ブロックの玩具で小さな子を叩き、保育士に注意されている。サンズマートでも見かけたことのある男児だった。薫に傷は

見当たらなかったので、男児の母親に抗議することもなく、そのまま帰宅した。

しかし風呂に入れようと服を脱がせた時、ぎくりとした。

太ももの内側にくっきりと歯形がつき、赤くなっている。しかも、一つではなかった。

どういうこと？

真琴は震える手で歯形をなぞった。薫にはズボンを穿かせていた。ズボンの上から嚙んでも、こんなに痕はつくまい。つまり、あの男児は一度ズボンを下げてから、思い切り嚙んだのだ。怒りで、頭に血がのぼった。

「可哀想に。痛かったね」

風呂場で、薫の太ももを何度も何度も洗い流した。あの男児の歯が、薫の柔らかな太ももに突き立てられたのかと思うと、吐き気がした。石鹸を泡立て、こすり、流し、また石鹸でこする。

「ママ、いたいよ」

薫の言葉で我に返った。いつの間にか、真琴は力を込めてこすっていたのだ。

「ごめんね。後で冷やそうね」

風呂から上がると、今度は消毒液で入念に拭いた。しかし何度拭いても、べっとりと男児の唾液がついているような気がする。

——いやだ。

一回拭くごとに脱脂綿を捨て、新しいものにたっぷりと消毒液を含ませて拭いた。それでも、どうしても不潔に思えて仕方がない。

――似ている。あの時の感覚に、似てる……。

胸が、ぎゅうっと苦しくなる。

それは秀樹に強姦された後の感覚だった。いくら洗っても、消毒しても、あいつの唾液や体液が浸み込んでいる。

真琴はその日から、またフラッシュバックに悩まされるようになった。くっきりとついた歯形を見るたびに、おぞましい感触が体の隅々で息を吹き返す。

小さい頃から秀樹にいじめられていた自分の姿が、薫に重なった。そして秀樹の姿が、男児に。

娘もいつか、同じ目に遭うのではないか――

真琴は戦慄《せんりつ》した。

男児がまた接触してくるかもしれないと想像すると、胸はざわついた。恐怖は心に巣食い、真琴を揺さぶり続ける。

娘には、絶対にあんな辛い思いをさせてはいけない。

あいつは、いてはいけない――

そしてあの日、恐怖心に突き動かされるまま、細い首に手をかけたのだった。

これでいい。

もうこれで脅かされることはない。そう思ったのに――

「ドーナツカーだ!」

薫のはしゃぎ声が耳に届いた。

「ママぁ、たべたいよぉ」

「あ……わかった」

「きなこがいい! イチゴも!」

ぼんやりしたまま薫の手を引いて、ドーナツカーが停車している場所へ行く。適当に見繕《みつくろ》って、五つほど注文した。

「ママ、ありがとう」

薫が嬉しそうにドーナツの入った袋を抱きしめる。

真琴は笑顔を作り、薫の頭を優しく撫でた。薫が気持ちよさそうに目を細める。

あの男児――由紀夫を葬り去ったら平穏な日々が戻ってくるはずだったのに、実際にはそうではなかった。

今度は、別の男児のことが気になり始めた。ちびっこ剣道クラブの兄弟が住む団地で見かけた子だ。その男児の妹や他の女児に対する乱暴な行動と言葉が、秀樹を彷彿とさせた。薫より二歳上というのも、自分と秀樹の年齢差と重なる。しかし決定的だったのは、泣きじゃくる女児たちに向かって、にやつきながら必ず口にするひと言だった。

「お前、なんかいじめたくなるんだよな」

聞き覚えのある台詞に、真琴は鳥肌が立った。幼い真琴も、秀樹から同じようなことを何度も言われた――どうしても泣き顔が見たくなると。恐らくそれは、整った顔が歪むのが面白いのだ。

その団地には、絶対に薫を近づけないことにした。しかし市内で幼児の行くところなど限られている。別の公園ですれ違った時、咄嗟に薫を自分の陰に隠した。

背後に薫を匿《かくま》い、遠ざかっていく男児の背中を見ながら、真琴はまた息苦しくなった。いつもこうして、自分がそばにいて守ってやれるとは限らない。それに、いずれ小学校や中学校も同じになるかもしれない。自分と同じ運命をたどるのではないか――不吉な予感が、真琴の心に再び火を放った。

炎が次第に広がっていく。それは真琴を焼き尽くさんばかりに、どんどん大きくなっていった。何度も由紀夫の写真と性器を取り出しては眺め、心を鎮めようとしたが収まらない。

恐怖心が、絶え間なく真琴に囁くのだ――薫に何か起こった時、お前は自分を赦《ゆる》せるのか、と。

だから聡も――

「ねえ、薫」

「なに？」

「さっきの男の子が、前に言ってた、いじわるなお友達？」

「ちがうよー。それはルイくん。あっくんはやさしいよ。だいすき」

「そっか。じゃあ今度、ルイくんが誰か、ママに教えてくれる？」

「いーよ」

　もちろん薫には、自分が母親だと告げたことはない。それでも母乳をもらっていた記憶があるのか、一歳になった頃、ごく自然に薫は真琴のことをママと呼び始めた。違うよ、あっちがママだよと教えても、きょとんとするだけだった。三歳になった今では、真琴をママ、母をおっきいママと呼び分ける。

　薫が受け取ったドーナツの支払いを済ませる。手を繋いで歩き出そうとした時、「田中さん」と呼ぶ声が耳に飛びこんできた。

　振り向くと、横断歩道の向こうに、数日前に話しかけてきた男女の刑事が立っている。

　心臓が跳ね上がった。

　どうしてこんなところに？

　真琴は薫の手を引いて、急ぎ足でその場を離れた。気付かなかったことにしよう。早く家に帰るのだ。

真琴は近道を通って帰宅した。マンションのエントランスに足を踏み入れ、そっと背後を窺う。誰もいない。ただの偶然だったのかと、ホッとしてエレベーターに乗り込む。

玄関のドアを開けると、母が掃除機をかけているところだった。

「おかえり。お迎えご苦労様」母が掃除機のスイッチを切る。「あら、何かいい匂いがするわね」

真琴は急いでドアを閉め、鍵をかけた。薫が上手に靴を脱ぎ、並べている。

「あら、ドーナツ買ったの？」

「うん」

上の空で答えながら、居間のベランダに出て下を見た。刑事たちの姿はないようだった。ホッとして中に戻る。薫が幼児向けの番組を観始めていた。

インターホンが鳴った。慌ててエントランスのカメラ映像を確認すると、ロビーに先ほどの刑事たちが立っている。

この二人は、やはり自分に会いにやって来たのか――

愕然とし、目の前が真っ暗になった。

「ああ、刑事さんだわ」

映像を見た母が言ったので、真琴は驚いた。

「……どうして刑事だってわかるの？」

「電話があったのよ。以前もいらしたし」

「――前も来たことあるの？」

「そうよ」

「でもうちには来たことないって――」

「心配すると思って。残酷な事件の話はしたくなかったから」

「中に入れるの？」

「当たり前じゃない」

ちょっと待って、と言うのも聞かず、母が解錠ボタンを押す。真琴は急いで自分の部屋へ駆け込んだ。

早く証拠を処分しなくては。

ポラロイド写真は燃やそう。切り取った性器も燃やせるだろうか。しかし臭いはどうする？　風呂場で窓を開けて燃やせば大丈夫か？　そうだ、風呂場。風呂場の後処理は充分だっただろうか――

もどかしい思いで引き出しに鍵を差し込む。しかし鍵はすでに開いていた。疑問に思う余裕もなく、急いで手前に引く。

空っぽだった。

……なぜ？

昨夜までは確かにあった。愕然としつつ、引き出しを抜いて検《あらた》める。かすかな漂白剤の匂いが、鼻をついた。

「真琴、何してるの?」

いつの間にか、母が背後に立っている。母は薫を抱きかかえながら、にこやかに佇んでいた。

「あのね、わかったんですって」薫に頰ずりしながら、母が口を開く。「幼児連続殺害事件の犯人が」

「——え?」

真琴の口は、からからに渇いていた。

「誰だったと思う? なんと、蓼科秀樹なのよ」

「……蓼科?」

足元がぐらつきそうになった。背中を冷たいものが走り、手足から一気に血の気が引く。なぜ? そればかりが、頭の中をぐるぐると駆け巡った。なぜ、あいつが? 自分ではなく、あいつが? 少年院を出ていたことさえ、初めて聞いた。ああ、でもいったいどうして?

「真琴は知らなかったと思うけど、あの男、市内に引っ越してたの。真夜中にこの辺りをうろついてたわ。きっと近づく気でいたのよ。暗いうちにあなたとばったり会えたら、あわよくば……と思ってたんじゃない？　ああ、いやだ」

母はおぞましそうに眉をひそめ、首を振った。

「だけど大丈夫よ。あの男ね、死んだんですって。自殺よ」

「……自殺？」

真琴の声が震える。

「ええ。罪を悔いてね。部屋には男の子の写真や遺体の一部が見つかったらしいわ。自業自得よねえ」

写真？　遺体の一部？　いったい、どういうこと？　もしかして、引き出しの鍵は
――

「実はね、お母さん、目撃して通報したことがあるの。すごいでしょ。詳しい話を聞きたいって、それで刑事さんがいらしたってわけ」

薫の髪を片手で梳《す》きながら、何か大きなことを成し遂げたような誇らしげな口調で言った。

その時、全てが繋がった。

誰が性的暴行を行ったか――いや、行ったように見せかけたか。

誰が指を切り落とし、処分したか。

誰が証拠を持ち去り、引き出しを漂白剤で拭き清めたか。

ここにもいたのだ。

我が娘のためなら、悪魔にさえなれる母親が――

「これで全てが解決したの」

母が、全てを包み込むような、柔和な微笑を浮かべた。

窓からは夕陽が差し込んでいる。まばゆい光の中で、幼な子を抱いた母は穏やかな輝きを放ち、まるで救いの女神のようにゆったりと佇んでいた。

「もう、何も心配することはないわ」

二度と真琴が秀樹のことを思い出さないよう、いつも笑顔を絶やさず、朗らかに振舞ってきてくれた、優しく、そしてたくましい母。

真琴には見えるようだった。本人に悟られることなく、四六時中、真琴の言動にアンテナを張り、二度と自殺を企てないよう目を光らせていた母の姿が。

真夜中に防具袋を持って出かけた真琴を、きっと母は心配して追ってきた。男児の遺体が取り出されたのを見て、驚愕したに違いない。性器が切り取られていたことから真琴の思いを悟り、娘の犯行だと判明しないよう、必死の隠蔽工作を行ったのだ。

味方をしてくれるのは、天ではなかった。

それはいつだって――

「犯人は死んで、この街はもう安全なの。だから今後二度と、無関係な子供が犠牲になることはないと信じてるわ。こんな悲しい事件はもうおしまい。――そうよね？」

母が、愛おしそうに真琴の頬を撫でた――バンドエイドを貼った頬を。

真琴は、母の手に自分の手を添える。温かな、母の手。触れられたところから、体が和らいでいく。これまで混沌《こんとん》と真琴の心を覆っていた闇が、夜明けを迎えたようにすうっと晴れていった。母の娘で良かった――改めて今、そう感じる。

「そうだね。もう、これでおしまい」

真琴は母の目を見つめながら、ゆっくりと頷いた。

母に抱かれた薫が、真琴に手を伸ばしてくる。

「ママぁ、抱っこ」

真琴は、両腕で薫を抱きとめた。愛しい重みが、ここにある。

「いいよ、おいで」

二人の母親は、薫を真ん中にして、まるで合わせ鏡のように、慈愛に満ちた神々しい微笑を浮かべて向かい合っていた。

玄関先で、チャイムが鳴る。

全てから解放された真琴はとても神聖な気持ちで、薫を抱きしめたまま、客人を迎えるためにドアへと向かった。

〈謝辞〉

本作を執筆するにあたり、リプロダクションクリニック・スーパーバイザーの松林秀彦様に不妊治療に関する医学上の監修をいただきました。

この場を借りて心より感謝申し上げます。また、医学上の誤謬に関しての文責は、すべて著者にあります。

〈主要参考文献〉

『刑事捜査バイブル』　相楽総一著・北芝健監修　双葉社
『警視庁科学捜査最前線』　今井良著　新潮新書
『ふたりの不妊症』　近澤幸嗣郎著　ルーツ出版局
『よくわかる不妊治療』　辰巳賢一著　テンタクル

この他、多くの書籍、雑誌、新聞記事、ウェブサイトなどを参考にさせていただいております。

解説

大矢博子（書評家）

ミステリの醍醐味とは何か。

と訊かれたら、あなたは何と答えるだろう？　驚天動地のトリック。何はなくともどんでん返し。サプライズこそミステリの華。いやいや、謎解きだけじゃ物足りない、小説なんだからそこにはテーマとか人間ドラマが欲しいな。待って待って、大事なのはキャラじゃない？　いややっぱりミステリは読者を騙してナンボでしょ。著者の仕掛けに鮮やかに引っかかったときの快感ときたら！　刑事コロンボみたいな倒叙ミステリが面白い。猟奇犯罪が好き、日常の謎がいい、サスペンス読みたい。

——などなど、読者がミステリに求めるものは千差万別だ。どれが正しい正しくないではなく、つまるところ好みの問題なので、万人を満足させるというのはまず無理なのである。けれど時々、これなら仕掛け&サプライズ重視派とテーマ&ドラマ重視派の両方に自信を持って薦められるぞ、という作品が登場するから油断できない。

秋吉理香子『聖母』も、そんな作品のひとつだ。

物語は三つの視点で構成されている。

一つめは、子を持つ母である保奈美の視点。保奈美は身体的な問題でなかなか妊娠できず、辛い不妊治療の末に授かった娘を何よりも愛しんでいる。ある日、近所で幼児殺害事件が起きた。四歳の男の子が首を絞めて殺され、性器が切り取られ、肛門には暴行の痕跡があるという猟奇的な事件だ。この残忍な事件を知った保奈美は、我が子だけは絶対に守らねばと強く決意する。

二つめの視点は、その事件を捜査する坂口刑事だ。ベテランの坂口は、若手の女性刑事・谷崎とコンビを組んで目撃者の捜索に当たる。被害幼児の体は漂白剤できれいに清められ、犯人の遺留物はゼロ。まったく手がかりのない状態で、坂口は事件が長引きそうな嫌な予感を抱えていた。

そして三つめは、剣道部に籍を置く高校生、真琴の視点である。端整な顔立ちに加えしっかりした性格で、女子の人気も高くクラスでも頼られる存在だ。事件が報じられた日、真琴はボランティアで指導しているちびっこ剣道クラブで、教え子が幼児殺害事件の被害者と友だちだったと知る……。

この三つの視点が繰り返されるのだが――うーん、どこまで明かしていいものか。実は犯人はかなり早い段階で読者に知らされる、とだけ書いておこう。犯人を追う刑事と別の角度から犯人を追う保奈美、そして犯人という、追う側と追われる側両方の情報を読者は手にすることになる。読者だけは俯瞰で事態を観察できるわけで、つまり本書は倒叙ミステリでもあるのだ。

刑事と犯人がすれ違う。犯行の真っ最中に人が来る。犯人の気づかないところで、刑事が犯人につながる手がかりを摑む。両方の情報を知っている読者だけが味わえる、そのサスペンスたるや！

それだけでも心を摑むには充分なのに、遺体に残されていた暴行の痕跡は犯人に覚えのないものだったという新たな謎まで浮上するのだからたまらない。早々に明かされた犯人とは別の〈犯人〉の存在まで示唆されることで、事態は一気に混迷を深めていく。そして、次の事件が起きる――。

どうですか、この捻った作りは。

だが、この程度の捻りはまだ序の口だ。本書が最も捻っているのは、物語の構成そのものなのである。全体に仕掛けられたミスディレクションや伏線、そしてラストで明かされる真相。凝ったミステリを多く読み込んでいる人なら、もしかしたらある程度、予測できる部分があるかもしれない。なるほど、ここで騙そうとしてるんだな、という部分に気がつくかもしれない。けれど、断言しよう。真相はもっと斜め上から来る。これは見抜けない。むしろあなたが気づいた場所は、著者が撒《ま》いた餌に過ぎない。これだけの仕掛けを施しながら、余計なケレンが一切ないのも本書の特徴だろう。隠されていた事実が明るみに出る場面のさりげなさと言ったら！　あまりにサラっと書いてあるので、え、ちょっと待って、今何て？　と思わず二度読みしてしまう。そういう場面が複数ある。まったく人が悪い。

読後の驚きが一段落したら、ぜひもう一度最初から読み直していただきたい。どれほど周到に計算され、どれほど細部まで気を配った作りになっていることか、驚くに違いない。そして初読のときとはまったく違う絵が浮かび上がるはずだ。

ミステリの醍醐味はトリック、どんでん返し、サプライズ、騙される快感——という人は本書を読み逃してはならない。この「してやられた感」は極上だ。

では、ミステリはテーマ&ドラマ重視派、という読者にとってはどうか。もちろん、こちらもたっぷり用意されている。

たとえば、保奈美の娘に対する愛情を説明するために描かれる、不妊治療のリアルを読まれたい。秋吉理香子は、不妊治療に臨む女性の気持ちを、丁寧に、丁寧に紡いでいく。何度も失敗して、痛みに耐え、屈辱に耐え、やっと授かった命。そこを丁寧に描くからこそ、読者は保奈美の〈母の思い〉をまっすぐ受け止めることができる。

ところが著者は、その上で、彼女に暴走させるのだ。娘に対する母の愛は、端から見れば単なるエゴへと変わっていく。そのエゴが段階を踏んで強まり、ついには一線を越え、狂気さながらのものへと変わっていく。娘を守るためなら、何でもやる。その〈何でも〉がまさかこんなことだとは。しかもその変化していく様子が、淡々と、ごく自然に描かれるのだ。それが怖い。圧巻である。

本書のテーマのひとつが〈母性〉であることは論を俟《ま》たない。特に、〈母性〉というものが孕む危うさが焦点だ。もしもあなたが子を持つ親なら、保奈美の行動を肯定はできないまでも、では自分ならどうするかを考えずにはいられないだろう。

だが、著者が描いているのは〈母性〉だけではない。その底には、もっと大きなテーマが横たわっている。

この物語は——保奈美の章も、真琴の章も、そして刑事の章ですら、〈女性が女性であるということだけで負わされる試練〉を描いているのである。

たとえば、不妊治療やその後の子育てについての、保奈美と夫の間に存在する決定的な温度差。あるいは、ふたりの刑事の間で交わされる、ジェンダーについての会話（このコンビはとてもいい味を出しているので、ぜひ別の作品にも登場させてほしい）。女性刑事だからこその有利と不利。

そして、ここからが本書の最大の特徴なのだが、そのテーマを描くために、〈騙しの構成〉が必要なのである。

少しだけネタを割るが、真琴の章に、著者はある仕掛けをほどこしている。前述した「著者が撒いた餌」だ。それは本書の大仕掛けの中にあってはサブの引っ掛けに過ぎないし、ミスディレクションの効果はあるとは言え、物語の構造上どうしても必要というものではない。だがそれが、男女の役割についての先入観を利用したトリックであることに留意されたい。メインの大仕掛けも、こういう小技も、いや、物語の構造も登場人物の造形や関係性も、刑事がお昼に何を食べるかや高校の理科の実験場面まで、物語を構成するすべての要素が、女性だけが宿命的に背負わされる悲劇に収斂されていくのである。

女性だけが抱えなくてはならない重荷に、女性だからこそ避けられない悲劇に、足掻きながら、苦しみながら、彼女たちは立ち向かっていく。その姿を描くことこそが、秋吉理香子が『聖母』を書いた目的である、と私は読んだ。派手なトリックやサプライズに目が行きがちだが、その仕掛けはあくまでもテーマを浮かび上がらせるための手段として使われているのだから。

テーマがトリックを生み出す。トリックがテーマに奉仕する。『聖母』は、トリックとテーマが不可分の関係で存在し、最高の形で融合し、互いを高めあったミステリなのである。

秋吉理香子は二〇〇九年、『雪の花』（小学館文庫）でデビュー。二〇一三年に発表した『暗黒女子』（双葉社→双葉文庫）が高い評価を受け、その名を一気に広めた。『暗黒女子』と、その次の『放課後に死者は戻る』（同）がともにダークでトリッキーな学園ミステリだったことから、当初は青春イヤミスの書き手、という見方をされることもあった。だが四作目の本書で、著者は自らその枠を破ってみせた。

この後、捻りの効いた短編集、サスペンス、幻想耽美小説、バレエやパイロットなど特定の世界をモチーフにしたものなどをハイペースで刊行し、一作ごとに着実に作品の幅を広げている。本書は秋吉理香子の転換点だったと言っていいだろう。

ジャンルは異なっても、そのどれもに、一気読みさせる筆力と、トリックがテーマを浮き立たせる手法は共通している。「ミステリはトリックもテーマも！」という人にぜひ追いかけていただきたい注目の作家だ。

本作品は二〇一五年九月、小社より単行本刊行されました。

この物語はフィクションです。
実在の人物、団体などには一切関係ありません。

双葉文庫

あ-55-03

聖母《せいぼ》

2018年9月16日　第1刷発行

【著者】
秋吉理香子《あきよしりかこ》

【発行者】
稲垣潔
【発行所】
株式会社双葉社
〒162-8540 東京都新宿区東五軒町3番28号
［電話］03-5261-4818(営業)　03-5261-4831(編集)
www.futabasha.co.jp
(双葉社の書籍・コミックが買えます)
【印刷所】
大日本印刷株式会社
【製本所】
大日本印刷株式会社
【CTP】
株式会社ビーワークス

【表紙・扉絵】南伸坊
【フォーマット・デザイン】日下潤一
【フォーマットデジタル印字】恒和プロセス

落丁・乱丁の場合は送料双葉社負担でお取り替えいたします。
「製作部」宛にお送りください。
ただし、古書店で購入したものについてはお取り替えできません。
［電話］03-5261-4822(製作部)

定価はカバーに表示してあります。

ISBN978-4-575-52148-1 C0193
Printed in Japan